P9-CSV-500

MARTES DE CARNAVAL

RAMON DEL VALLE-INCLAN

MARTES DE CARNAVAL

ESPERPENTOS

Las galas del difunto
Los cuernos de don Friolera
La hija del capitán

Decimotercera edición

COLECCION AUSTRAL

ESPASA CALPE

Primera edición: 25 - IX - 1964
Decimotercera edición: 19 - IX - 1989

—

Maqueta de cubierta: Enric Satué

—

Depósito legal: M. 29.691—1989

ISBN 84—239—1337—6

Esta edición sigue el texto de la última publicada y corregida por el autor, Imprenta Rivadeneyra, Madrid, 1930

Impreso en España
Printed in Spain

Talleres gráficos de la Editorial Espasa-Calpe, S. A.
Carretera de Irún, km. 12,200. 28049 Madrid

ÍNDICE

ESPERPENTO DE LAS GALAS DEL DIFUNTO

Núm. 1337.—2

DRAMATIS PERSONAE

LA BRUJA DE LOS MANDADOS EN LA CASA LLANA.

UNA DAIFA Y JUANITO VENTOLERA, PISTOLO REPATRIADO.

UN GALOPÍN MANCEBO DE BOTICA.

EL BOTICARIO DON SOSTENES GALINDO Y DOÑA TERITA LA BOTICARIA.

TRES SOLDADOS DE RAYADILLO: PEDRO MASIDE, FRANCO RICOTE Y EL BIZCO MALUENDA.

UN SACRISTÁN Y UN RAPISTA.

LA MADRE CELESTINA Y LAS NIÑAS DEL PECADO.

ESCENA PRIMERA

La casa del pecado, en un enredo de callejones, cerca del muelle viejo. Prima noche. Luces de la marina. Cantos remotos en un cafetín. Guiños de las estrellas. Pisadas de zuecos. Brilla la luna en las losas mojadas de la acera. Tapadillo de la Carmelitana: Sala baja con papel floreado; dos puertas azules, entornadas sobre dos alcobas; en el fondo, las camas tendidas con majas colchas portuguesas. En el reflejo del quinqué, la DAIFA *pelinegra, con un lazo detonante en el moño, cierra el sobre de una carta. Luce en la mejilla el rizo de un lunar. A la* BRUJA *que se recose el zancajo en el fondo mal alumbrado de una escalerilla, hizo seña mostrando la carta. La coima muerde la hebra, y se prende la aguja en el pecho.*

LA BRUJA

¡Vamos a ese fin del mundo! ¡Si siquiera de tantas idas se sacase algún provecho!...

LA DAIFA

La carta va puesta como para conmover una peña.

LA BRUJA

¡Ay, qué viejo renegado! ¡Cuándo se lo llevará Satanás!...

LA DAIFA

Es muy contraria mi suerte.

LA BRUJA

¡Sí que lo es! ¡El padre acaudalado y la hija arrastrada!

LA DAIFA

¡Y tener que desearle la muerte para mejorar de conducta!

LA BRUJA

¡Si te vieras con capitales, era el ponerte de ama y dorarte de monedas, que el negocio lo puede! ¡Y no ser ingrata con una vida que te dio refugio en tu desgracia!

LA DAIFA

¡No habrá una peste negra que se lo lleve!

LA BRUJA

Tú llámale por la muerte, que mucho puede el deseo, y más si lo acompañas encendiéndole una vela a Patillas.

LA DAIFA

¡Renegado pensamiento! ¡Dejémosle vivir, que al fin es mi padre!

LA BRUJA

Para ti ha sido un verdugo.

LA DAIFA

¡Se le puso una venda de sangre considerando la deshonra de sus canas!

LA BRUJA

Pudo cubrirla, si tanto no le representase aflojar la mosca, pero la avaricia se lo come. ¿Espero respuesta de la carta?

LA DAIFA

Si te la da la tomas. Tienes que correr para no hallar la puerta cerrada.

LA BRUJA

Volaré.

La bruja encaperuzó el manto sobre las sienes y voló convertida en corneja. La daifa de la bata celeste y el lazo escarlata sale a la puerta haciendo la jarra, y permanece en el umbral mirando a la calle. Por la otra acera, un sorche repatriado, al que dicen Juanito Ventolera.

LA DAIFA

¡Chis!... ¡Chis!...

JUANITO VENTOLERA

¿Es para mí ese reclamo, paloma?

LA DAIFA

¿No te gusto?

JUANITO VENTOLERA

¡Un pasmo! ¿No me ve usted, niña, con las patas colgando?

LA DAIFA

Pues atorníllate, pelmazo.

JUANITO VENTOLERA

¿Quiere usted sacarme para fuera la llave de tuercas?

LA DAIFA

Ese timo es habanero.

JUANITO VENTOLERA

¿Conoce usted aquel país?

LA DAIFA

No lo conozco, pero tiene usted todo el hablar de los repatriados. ¡La propia pinta! ¿No lo es usted?

JUANITO VENTOLERA

No más hace que tres horas. A las seis tocamos puerto.

LA DAIFA

¿En qué Regimiento estaba usted?

JUANITO VENTOLERA

Segunda Compañía de Lucena.

LA DAIFA

¡Segunda de Lucena! ¿Y usted, por un casual, habrá conocido a un punto practicante que llamaban Aureliano Iglesias?

JUANITO VENTOLERA

Buen punto estaba ése.

LA DAIFA

¿Le ha conocido usted, por un acaso? ¿No es una trola? ¿Le ha conocido?

JUANITO VENTOLERA

Bastante. Simpatizamos.

LA DAIFA

Era mi novio. Estábamos para casar.

JUANITO VENTOLERA

Pues aquí tiene usted su consuelo.

LA DAIFA

¿De verdad has conocido tú a Aureliano Iglesias?

JUANITO VENTOLERA

Y tanta verdad.

LA DAIFA

¿Sabes cómo murió?

JUANITO VENTOLERA

Como un valiente.

LA DAIFA

¡A los redaños que tenía, algunos mambises habrá tumbado!

JUANITO VENTOLERA

Muchos no habrán sido... Siempre se tira de lejos.

LA DAIFA

Pero alguno doblaría.

JUANITO VENTOLERA

Pudiera...

LA DAIFA

¿Tú no crees?...

JUANITO VENTOLERA

Allí solamente se busca el gasto de municiones. Es una cochina vergüenza aquella guerra. El soldado, si supiese su obligación y no fuese un paria, debería tirar sobre sus jefes.

LA DAIFA

Todos volvéis con la misma polca, pero ello es que os llevan y os traen como a borregos. Y si fueseis solos a pasar las penalidades, os estaría muy bien puesto. Pero las consecuencias alcanzan a los más inocentes, y un hijo que hoy estaría criándose a mi lado, lo tengo en la Maternidad. Esta vida en que me ves, se la debo a esa maldita guerra que no sabéis acabar.

JUANITO VENTOLERA

Porque no se quiere. La guerra es un negocio de los galones. El soldado sólo sabe morir.

LA DAIFA

¡Como el mío! ¿Oye, tú, le envolverían en la bandera?

JUANITO VENTOLERA

No era para tanto. ¡La bandera! Pues no dice nada la gachí. La bandera es la oreja. ¡Esos honores se quedan para los jefes!

LA DAIFA

¿Y por eso tenéis todos tan mala voluntad a los galones?

JUANITO VENTOLERA

De esas camamas, al soldado poco se le da. ¡No robaran ellos como roban en el rancho y en el haber!...

LA DAIFA

Pues a tumbar galones. Pero todos lo dicen y ninguno lo hace.

JUANITO VENTOLERA

Alguno hay que lo hizo.

LA DAIFA

¿Tú, por ventura?

JUANITO VENTOLERA

Otro de mi cara.

LA DAIFA

Mírame en este ojo. Tú te has aguantado las bofetadas igual que todos. ¿De verdad has conocido a Aureliano Iglesias?

JUANITO VENTOLERA

¡De verdad!

LA DAIFA

¿Y le has visto caer propiamente?

JUANITO VENTOLERA

Propiamente.

LA DAIFA

¿En el campo?

JUANITO VENTOLERA

A mi lado, en la misma trinchera.

LA DAIFA

¿Con redaños?

JUANITO VENTOLERA

Cuando no queda otro remedio, todo quisque saca los redaños.

LA DAIFA

Se fue dejándome embarazada de cinco meses. Pasado un poco más tiempo no pude tenerlo oculto, y al descubrirse, mi padre me echó al camino. Por donde también a mí me alcanza la guerra. ¿Tú de qué parte del mundo eres?

JUANITO VENTOLERA

De esta tierra.

LA DAIFA

No lo pareces.

JUANITO VENTOLERA

¿Pues de dónde me das?

LA DAIFA

Cuatro leguas arriba de los Infiernos. O mucho me engaño, o tú eres otro Ravachol.

JUANITO VENTOLERA

¿Pues qué me ves?

LA DAIFA

La punta del rabo.

JUANITO VENTOLERA

Siento no agradarte, paloma. Lo siento de veras.

LA DAIFA

¿Quién te ha dicho que no me agradas? Tanto que me agradas, y si quieres convidar, puedes hacerlo.

JUANITO VENTOLERA

Estoy sin plata.

LA DAIFA

Algo tendrás.

JUANITO VENTOLERA

El corazón para quererte, niña.

LA DAIFA

¿Ni siquiera tienes un duro romanonista?

JUANITO VENTOLERA

Ni eso.

LA DAIFA

¿Ni una beata para convidar?

JUANITO VENTOLERA

Pelado al cero, niña.

LA DAIFA

¡Más que pelado! ¡Calvorota!

JUANITO VENTOLERA

Es el premio que hallamos al final de la campaña. ¡Y aún nos piden ser héroes!

LA DAIFA

¡Cabritos sois!

JUANITO VENTOLERA

¡Y tan cabritos!

La madre del prostíbulo aparece por la escalerilla, llenándola con el ruedo de sus faldas. Trae en la mano una palmatoria que le entrecruza la cara de reflejos. Detrás, en revuelo, bajan dos palomas. La dueña es obesa, grandota, con muchos peines y rizos: Un erisipel le repela las cejas.

LA MADRE

¿Vas a pasarte la noche con ese pelma? Métete dentro.

LA DAIFA

Ya has oído. ¡Que ahueques!

JUANITO VENTOLERA

¿Así me da usted boleta, morena? ¡Usted no quiere ver en mí al testamentario de Aureliano Iglesias!

LA DAIFA

¡Camelista! ¡Si al menos tuvieses para pagar la cama!

JUANITO VENTOLERA

Nada tengo.

LA DAIFA

Pues la cama es una beata. Dirás que no la tienes, con las cruces que llevas en el pecho. ¡Alguna será pensionada!

JUANITO VENTOLERA

Te hago donación de todo el tinglado.

LA DAIFA

Gracias.

JUANITO VENTOLERA

Son las que me cuelgan.

LA MADRE

Ernestina, basta de pelma.

LA DAIFA

Es un amigo de mi Aureliano.

JUANITO VENTOLERA

¿Hacemos changa, negra?

LA DAIFA

¿Y si te tomase la palabra?

JUANITO VENTOLERA

Por tomada. Me das la dormida y te cuelgas este calvario.

LA DAIFA

¡Pss!... No me convence.

JUANITO VENTOLERA

Te adornas la espetera.

LA DAIFA

¡Guasista!

JUANITO VENTOLERA

Salte un paso que te lo cuelgo.

LA DAIFA

El ama está alerta. ¿Qué medalla es ésta?

JUANITO VENTOLERA

Sufrimientos por la Patria.

LA DAIFA

¡Hay que ver!... ¿Y ésta?

JUANITO VENTOLERA

Del Mérito.

LA DAIFA

¡Has sido un héroe!

JUANITO VENTOLERA

¡Un cabrón!

LA DAIFA

¡Me estás cayendo la mar simpático! ¿Y esta cruz?

JUANITO VENTOLERA

De Doña Virtudes. El lilailo que te haga tilín, te lo cuelgas. Como si te apetece todo el tinglado. ¡Mi palabra es de Alfonso!

LA DAIFA

Espera que nos conozcamos más.

JUANITO VENTOLERA

¿Y cuándo va a ser ese conocimiento?

LA DAIFA

Pásate por aquí la tarde del lunes, que me toca libre. Antes no vengas. Y aún mejor apaño será que me dejes la tarde libre. Ven por la noche, sobre esta hora... Si acaso te acuerdas.

JUANITO VENTOLERA

Me has puesto cadena.

LA MADRE

¡Ernestina!

LA DAIFA

El ama está echando café. Vete no más. Toma un recuerdo.

La daifa se saca una horquilla del moño y se la ofrece con guiño chunguero. Entrase, y desde el fondo de la sala se vuelve. El soldado todavía está en la acera. Alto, flaco, macilento, los ojos de fiebre, la manta terciada, el gorro en la oreja, la trasquila en la sien. El tinglado de cruces y medallas daba sus brillos buhoneros.

ESCENA SEGUNDA

Farmacia del licenciado Sócrates Galindo. La bruja del tapadillo, con la carta de la daifa, posa el vuelo en el relumbre de la pupila mágica, que proyecta sobre la acera el ojo del boticario. Por una punta del rebozo, las uñas negras, los dedos rayados del iris, oprimen la carta de la manflota. La mandadera mete la cabeza curuja por el vano de la puerta, pegada a un canto. Maja en el mortero un virote de mandilón y alpargatas.

LA BRUJA

Traigo una carta de aquella afligida para el viejo. Llámale.

EL GALOPÍN

Ha salido.

LA BRUJA

¡Raro se me hace! De ser un aparente, mal harías negándomelo. Mira, hijo, para que te crea, pésame en un santimén dos onzas de cornezuelo.

EL GALOPÍN

El cornezuelo no se despacha sin receta.

LA BRUJA

¡Adónde vas tú con ese miramiento! ¡Que no despacharéis pocas drogas sin receta! Anda, negro, y te guardas las perronas.

EL GALOPÍN

¡Y me busco un compromiso, si cuadra!

LA BRUJA

¿Tampoco tomarás a tu cargo entregarle la carta al viejo?

EL GALOPÍN

Tampoco.

LA BRUJA

¡Hijo, eres propiamente una ortiga! La ley de los pobres es ayudarse.

EL GALOPÍN

¿Quiere usted encargarse del almirez y majar un rato?

LA BRUJA

¡Cuernos!

EL GALOPÍN

¡Los suyos!

LA BRUJA

¡Malhablado! ¿Adónde salió el patrón?

EL GALOPÍN

A entrevistarse con el alcalde.

LA BRUJA

¿Anda en justicias?

EL GALOPÍN

Le han puesto una brasa en el traste.

LA BRUJA

Explica esa picardía.

EL GALOPÍN

Le echaron un alojado, y anda en los pasos para que le rediman la carga.

LA BRUJA

¡Tío cicatero! ¿A qué hora cerráis?

EL GALOPÍN

A las nueve.

LA BRUJA

¿Vendrá antes?

EL GALOPÍN

Pudiera ser.

LA BRUJA

¿Por qué no te encargas tú de darle la carta? Me alargo a otro mandado, y vuelvo por la respuesta. Así la tiene meditada.

La trotaconventos entra a dejar la carta sobre el mostrador, y escapa arrebujándose. En la puerta, con arrecido de bruja zorrera, cruza por delante del boticario, que se queda suspenso, enarbolado el bastón sobre la encorujada, sin llegar a bajarlo.

EL BOTICARIO

¡Recoge esa carta! ¡No quiero recibirla! ¡Me mancharía las manos! ¡A la relajada que aquí te encamina, dile, de una vez para siempre, que no logrará conmover mi corazón! ¡Llévate ese papel, y remonta el vuelo, si no quieres que te queme las pezuñas! ¡Llévate ese papel, y no aparezcas más!

LA BRUJA

¡Esa carta suplica una respuesta!

El boticario recoge la carta, que con rara sugestión acusa su cuadrilátero encima del mostrador, y la tira al arroyo.

LA BRUJA

¡Iscariote!

EL BOTICARIO

¡Emplumada!

LA BRUJA

¡Perro avariento, es una hija necesitada la que te implora! ¡Tu hija! ¡Corazón perverso, no desoigas la voz de la sangre!

EL BOTICARIO

Vienes mal guiada, serpiente. ¿De qué hija me hablas? Una tuve y se ha muerto. Los muertos no escriben cartas. ¡Retira ese papel de la calle, vieja maldita!

LA BRUJA

¡Guau! ¡Guau! Ahí se queda para tu sonrojo. Que lo recoja y lo lea el primero que pase.

Se alejaba la voz. Se desvanecía la coruja por una esquina, con negro revuelo. Y por donde la bruja se ha ocultado aparece el sorche repatriado. Entra en el claro de luna, la manta terciada, el gorro ladeado, una tagarnina atravesada en los dientes. Recoge la carta. Saluda cuadrándose en la puerta. En los ojos, las candelillas de dos copas.

JUANITO VENTOLERA

¿Qué arreglo tenemos, patrón? ¡Como una puñalada ha sido presentarle la boleta! ¿Soy o no soy su alojado, patrón? ¿Qué ha sacado usted del alcalde?

EL BOTICARIO

Dormirás en la cuadra. No tengo mejor acomodo. Mi obligación es procurarte piso y fuego. De ahí no paso. Comes de tu cuenta. Dame esa carta. Me pertenece.

JUANITO VENTOLERA

¿Tiene usted la estafeta en el arroyo?

EL BOTICARIO

La tengo en el forro de los calzones. Dame esa carta.

JUANITO VENTOLERA

Téngala usted.

El boticario, con rosma de gato maniaco, se esconde la carta en el bolsillo. Musita rehuso a leerla. Entrase en la rebotica. La cortineja, suspensa de un clavo, deja ver la figura soturna y huraña, que tiene una abstracción gesticulante. Cantan dos grillos en el fondo de sus botas nuevas. Lentamente se desnuda del traje dominguero. Se reviste gorro, bata, pantuflas. Reaparece bajo la cortinilla con los ojos parados de través, y toda la cara sobre el mismo lado, torcida con una mueca. La coruja, con esquinado revuelo, ha vuelto a posarse en el iris mágico que abre sus círculos en la acera. El estafermo, gorro y pantuflas, con una espantada, se despega de la cortinilla. El desconcierto de la gambeta y el visaje que le sacude la cara, revierten la vida a una sensación de espejo convexo. La palabra se intuye por el gesto, el golpe de los pies por los ángulos de la zapateta. Es un instante donde todas las cosas se proyectan colmadas de mudez. Se explican plenamente con una angustiosa evidencia visual. La coruja, pegándose al quicio, mete los ojos deslumbrados por la puerta. El boticario se dobla como un fantoche.

LA BRUJA

¡Alma de Satanás!

JUANITO VENTOLERA

¡Buena trupita!

EL GALOPÍN

Es una alferecía que le da por veces.

JUANITO VENTOLERA

¡Cayó fulminado!

EL GALOPÍN

¡Impone mirarle!

JUANITO VENTOLERA

¡Ánimo, patrón!

LA BRUJA

¡Friegas de ortigas por bajo del rabo!

Se anguliza como un murciélago, clavado en los picos del manto. Desaparece en la noche de estrellas. Un gato fugitivo, los ojos en lumbre y el lomo en hopo, sale en cohete por el canto de la cortinilla, rampa al mostrador; cruza de un salto por encima del fantoche aplastado: Huye con una sardina bajo los bigotes. Viene detrás la vieja, que grita con la escoba enarbolada.

LA BOTICARIA

¡Centellón, que se lleva la cena! ¡Ni el propio enemigo! ¡San Dios, qué retablo! ¡Otra alferecía!

EL GALOPÍN

¡Cayó fulminado!

JUANITO VENTOLERA

Le pasó un aire.

LA BOTICARIA

Hoy se cumple el año. ¡Sócrates, por qué me dejas viuda en este valle de lágrimas!

ESCENA TERCERA

Tres pistolos famélicos, con ojos de fiebre, merodean por las eras. PEDRO MASIDE *camina con dos palomos ocultos en el pecho.* EL BIZCO MALUENDA *esconde los pepinos y tomates para un gazpacho.* FRANCO RICOTE *anda escotero. Llegan a las tapias del camposanto. Grillos nocturnos. Cruces y cipreses. Pisa las tumbas un bulto de hombre, que por tiempos se rasca la nalga, y saca una luz en la punta de los dedos para leer los epitafios. Vaga en un misterio de grillos y luceros.*

PEDRO MASIDE

¡Tenemos a la vista un desertor del Purgatorio! Será conveniente echarle el alto.

EL BIZCO MALUENDA

Parece que el difunto busca el alojamiento y no da con la puerta.

FRANCO RICOTE

¡Alto, amigo! ¡Toda la Compañía está roncando, amigo! ¡Se te ha pasado el toque de retreta, a lo que veo!

EL BIZCO MALUENDA

¿Sales de la cantina? ¡Buena hembra es la Iñasi!

FRANCO RICOTE

A lo que parece te gustan las gachís. ¿Por qué no respondes? ¿Te ha comido alguna niña la lengua? No más te hagas el muerto, pues yo te conozco, y sin que hables, he descubierto quién eres.

Te diré más: El hallarte aquí es por haber venido acompañando al entierro de tu patrón. Sirves en la Segunda Compañía de Lucena.

EL BIZCO MALUENDA

Escota y vente a cenar. Hay dos palomos y un gazpacho.

El bulto remoto entre cruces y cipreses, se alumbra rascándose la nalga. La voz se hace desconocida en los ecos tumbales.

JUANITO VENTOLERA

Parece que representáis el Juan Tenorio. Pero allí los muertos van a cenar de gorra.

FRANCO RICOTE

Convidado quedas. No hemos de ser menos rumbosos que en el teatro.

JUANITO VENTOLERA

¿Dónde es la cita?

FRANCO RICOTE

¡Bien conocido! A la vuelta del Mercado Viejo. Donde dicen Casa de la Sotera.

JUANITO VENTOLERA

No faltaré.

FRANCO RICOTE

¿Aún te quedas?

JUANITO VENTOLERA

El patrón me ha guiñado el ojo al despedirse, y estoy en que algo tiene que contarme. Le había caído simpático, y pudiera en su última voluntad acordarme alguna manda.

FRANCO RICOTE

¡Pues habrá que celebrarlo!

EL BIZCO MALUENDA

¿El difunto tiene aviso de que lo buscas?

JUANITO VENTOLERA

Voy a pasárselo. Justamente aquí está enterrado. Patrón, vamos a vernos las caras. Vengo por la manda que usted me ha dejado.

FRANCO RICOTE

¡Las burlas con los muertos por veces salen caras!

PEDRO MASIDE

¡No apruebo lo que haces!

EL BIZCO MALUENDA

Si un difunto se levanta, la valentía de nada vale. ¿Qué haces en riña con un difunto? ¿Volver a matarlo? Ya está muerto. Si ahora se levantase el boticario, por muchos viajes que le tirásemos puestos los cuatro en rueda, le veríamos siempre derecho.

JUANITO VENTOLERA

¡Eso supuesto que se levantase!

FRANCO RICOTE

Vamos, amigo, deja esa burla y vente a cenar.

JUANITO VENTOLERA

Luego que recoja la manda.

PEDRO MASIDE

¡Ya pasa de desvarío!

EL BIZCO MALUENDA

Ese atolondramiento no lo tuvo ni el propio Juan Tenorio.

PEDRO MASIDE

Ya estás viendo que el muerto no sale de la sepultura. ¡Déjalo en paz!

JUANITO VENTOLERA

Le pesa la losa y hay que ayudarle. ¿Por qué no os llegáis para echar una mano? ¡Vamos a ello, amigos!

EL BIZCO MALUENDA

¡De locura pasa!

PEDRO MASIDE

¡Mucho has pimplado!

FRANCO RICOTE

¡No se levanten a una todos los difuntos y nos puedan!

JUANITO VENTOLERA

Para recoger la manda del patrón, me es preciso dejarle en cueros.

PEDRO MASIDE

¡Mira lo que intentas!

JUANITO VENTOLERA

A eso he venido. ¿Quiere alguno ayudarme?

PEDRO MASIDE

¡Te digo ahora lo que antes te dije! ¡No hay burlas con los muertos!

JUANITO VENTOLERA

¡Ni el caso es de burlas!

EL BIZCO MALUENDA

¡Ahí es nada!

JUANITO VENTOLERA

¡Nada!

EL BIZCO MALUENDA

¡Gachó!

FRANCO RICOTE

Cuando a tanto te pones, conjeturo que con prendas de mucho valor enterraron al difunto.

JUANITO VENTOLERA

¡Un terno de primera! ¡Poco paquete que voy a ponerme! Flux completo, como dicen los habaneros.

EL BIZCO MALUENDA

¡Qué va! No será sólo eso.

JUANITO VENTOLERA

Sólo eso. Esta noche tengo que sacar de ganchete a una furcia, y no quiero deslucir a su lado.

FRANCO RICOTE

Camélala para que apoquine y te pague un terno de gala.

JUANITO VENTOLERA

Todo se andará, con la ceguera que me muestra.

PEDRO MASIDE

¡La ocurrencia de vestirte la ropa del difunto te la sopló el Diablo!

JUANITO VENTOLERA

¿Tan mala os parece?

PEDRO MASIDE

Tiene dos caras esa moneda.

EL BIZCO MALUENDA

La ocurrencia no es para despreciada. Ahora que se requiere un corazón muy intrépido.

JUANITO VENTOLERA

Yo lo tengo.

FRANCO RICOTE

Si te falta, se te viene encima todo el batallón de los muertos.

JUANITO VENTOLERA

No me faltará.

FRANCO RICOTE

Me alegraré.

JUANITO VENTOLERA

¿Ninguno quiere darme su ayuda?

EL BIZCO MALUENDA

Me parece que ninguno.

PEDRO MASIDE

Yo, por mi parte, no. Para pelear con hombres, cuenta conmigo, pero no para despojar muertos.

JUANITO VENTOLERA

¿Pues qué otra cosa se hacía en campaña?

PEDRO MASIDE

No es lo mismo.

FRANCO RICOTE

Claramente que no. En un camposanto la sepultura es tierra sagrada.

JUANITO VENTOLERA

¡No se me había ocurrido este escrúpulo!

EL BIZCO MALUENDA

¡Qué salgas avante!

FRANCO RICOTE

Tienes plato en la cena.

ESCENA CUARTA

Casa de la Sotera: Huerto con emparrados. Luna y luceros, bajo los palios de la vid, conciertan penumbras moradas y verdosas. A la vera alba del pozo, fragante entre arriates de albahaca, está puesta una mesa con manteles. La camarada de los tres pistolos mata la espera con el vino chispón de aquel pago, y decora el triple gesto palurdo con perfiles flamencos.

PEDRO MASIDE

Ese punto, no más parece. Filo de las doce tenemos. ¿Qué se hace?

EL BIZCO MALUENDA

Pedir la cena.

FRANCO RICOTE

Esperémosle un rato por si llega. Estaría divertido que el difunto se lo hubiese llevado de las orejas al Infierno.

EL BIZCO MALUENDA

¡Vaya un barbián!

FRANCO RICOTE

¿Tú de qué le conoces, Maside?

PEDRO MASIDE

Somos de pueblos vecinos.

EL BIZCO MALUENDA

¿Gallego es ese sujeto? No lo aparenta.

PEDRO MASIDE

¿Y por qué no? Galicia da hombres tan buenos como la mejor tierra.

EL BIZCO MALUENDA

Para cargar fardos.

PEDRO MASIDE

No sabes ni la media. Y con ese hablar descubres que tan siquiera estás al tanto de lo que ponen los papeles. ¿Tú has visto retratado el Ministerio? Este amigo que calla, lo ha visto y dirá si no vienen allí puestos cuatro gallegos.

EL BIZCO MALUENDA

¡Ladrones de la política!

PEDRO MASIDE

¡Tampoco te contradigo! Pero muy agudos y de mucho provecho.

EL BIZCO MALUENDA

¡Para sus casas!

PEDRO MASIDE

Para ministros del Rey.

EL BIZCO MALUENDA

¿Vas con eso a significar que sois los primeros?

PEDRO MASIDE

¡Tampoco somos los últimos!

FRANCO RICOTE

La tierra más pelada puede dar hombres de mérito, amigos.

EL BIZCO MALUENDA

¡Gachó! ¡Tú has dicho la mejor sentencia!

FRANCO RICOTE

Pues me beberé el chato del pelmazo que nos tiene enredados en la espera.

EL BIZCO MALUENDA

¡Y que se retarda!

PEDRO MASIDE

¡Si los difuntos se levantaron en batallón, ha de verse negro para salir del camposanto!

EL BIZCO MALUENDA

¡Ese toque de llamada se queda para el día del Juicio Final!

PEDRO MASIDE

¡Como le hagan la rueda, no se verá libre hasta la del alba! Cuantos han pasado por ello, tienen dicho haber peleado toda la noche, y que los muertos caían y se levantaban.

FRANCO RICOTE

Ello está claro. A los muertos no se les mata.

EL BIZCO MALUENDA

No creo una palabra de tales peteneras.

PEDRO MASIDE

¡La creencia no se enseña!

EL BIZCO MALUENDA

¡Que se pronuncien los difuntos me parece una pura camama! ¡Para tus luces, este mundo y el otro bailan en pareja!

PEDRO MASIDE

Hay correspondencia.

EL BIZCO MALUENDA

¿Y batallones sublevados?

PEDRO MASIDE

Estoy pelado al cero.

EL BIZCO MALUENDA

¿Y Capitanes Generales descontentos?

PEDRO MASIDE

Vamos a dejarlo.

EL BIZCO MALUENDA

¡Panoli! ¡En el otro mundo no se reconocen los grados!

PEDRO MASIDE

Poco se me da de tu pitorreo.

Aparece Juanillo Ventolera, transfigurado con las galas del difunto. Camisa planchada, terno negro, botas nuevas con canto de grillos. Ninguna cobertura en la cabeza. Bajo la luna, tiene un halo verdoso.

JUANITO VENTOLERA

¡Salud, amigos! Hay que dispensar el retardo.

EL BIZCO MALUENDA

A tiempo llegas.

PEDRO MASIDE

Ya estábamos con algún recelo.

FRANCO RICOTE

Te habíamos sospechado de orejas en el Infierno.

EL BIZCO MALUENDA

Y alguno, con el batallón de muertos a la rueda rueda de pan y canela.

JUANITO VENTOLERA

Ése ha sido mi paisano Pedro Maside.

PEDRO MASIDE

Justamente. Tú habrás librado sin contratiempo, pero ello no desmiente lo que otros cuentan.

JUANITO VENTOLERA

¿No me oléis a chamusco? He visitado las calderas del rancho que atiza Pedro Botero.

EL BIZCO MALUENDA

¿Y lo has probado?

JUANITO VENTOLERA

Y me ha sabido a maná. En el cuartel lo quisiéramos.

EL BIZCO MALUENDA

¡Bébete un chato, y cuenta por derecho! ¿El vestido que traes es la propia mortaja del fiambre?

JUANITO VENTOLERA

¡La propia!

FRANCO RICOTE

¿Lo has dejado en cueros?

JUANITO VENTOLERA

Le propuse la changa con mi rayadillo, y no se mostró contrario.

EL BIZCO MALUENDA

Visto lo cual, habéis changado.

JUANITO VENTOLERA

Veo que lo entiendes.

EL BIZCO MALUENDA

El terno es fino.

JUANITO VENTOLERA

De primera.

EL BIZCO MALUENDA

Y te va a la medida. Sólo te falta un bombín para ser un pollo petenera. El patrón se lo habrá olvidado en la percha, y debes reclamárselo a la viuda.

JUANITO VENTOLERA

Me das una idea...

EL BIZCO MALUENDA

¿Tendrías redaños?

JUANITO VENTOLERA

Aventúrate unas copas.

PEDRO MASIDE

¡Sobrepasaba el escarnio!

FRANCO RICOTE

¡Ni el tan mentado Juan Tenorio! ¡Y tú, gachó, no hables en verso!

EL BIZCO MALUENDA

Te aventuro los cuatro cafeses.

JUANITO VENTOLERA

¡Van! ¿Y vosotros no queréis jugaros la copa?

FRANCO RICOTE

¿Tú te la juegas?

JUANITO VENTOLERA

¡Dicho está!

EL BIZCO MALUENDA

¡Gachó! ¡Te hago la apuesta aun cuando me toque ser paduano! Vamos a ver hasta dónde llega tu rejo.

JUANITO VENTOLERA

La visita a la viuda no pasa de ser un cumplimiento.

EL BIZCO MALUENDA

¿Qué plazo le pones?

JUANITO VENTOLERA

Esta noche, después de la cena. ¿Tú no apuestas nada, paisano Maside? ¿Temes perder?

PEDRO MASIDE

Tengo conciencia, y no quiero animarte por el camino que llevas.

JUANITO VENTOLERA

¿Tan malo te parece, paisano?

PEDRO MASIDE

De perdición completa.

JUANITO VENTOLERA

Dando la cara no hay bueno ni malo.

PEDRO MASIDE

Para vivir seguro, fuera de ley, se requieren muchos parneses. Das la cara, y te sepultan en presidio.

FRANCO RICOTE

O te tullen para toda la vida con un solfeo.

JUANITO VENTOLERA

¡Hay que ser soberbio y dar la cara contra el mundo entero! A mí me cae simpático el Diablo.

PEDRO MASIDE

Con dar la cara no acallas la conciencia.

JUANITO VENTOLERA

Yo respondo de todas mis acciones, y con esto sólo ninguno me iguala. El hombre que no se pone fuera de la ley, es un cabra.

EL BIZCO MALUENDA

Con otros chatos lo discutiremos.

ESCENA QUINTA

La botica, con dos sombras en la acera, sobre las luces mágicas del ojo nigromante. Dentro, la viuda enlutada, con parches en las sienes, hace ganchillo tras el mostrador. Maja el galopín en el gran mortero. El SACRISTÁN *y el* RAPISTA, *aparejados, saludan en la puerta.*

EL RAPISTA

Está usted muy solitaria, Doña Terita. Las amigas debieran hacer más por acompañarla en estas tristes circunstancias.

LA BOTICARIA

Y no me falta su consuelo. Ahora se fueron las de enfrente.

EL SACRISTÁN

Visto como usted se había quedado tan sola, hemos entrado.

LA BOTICARIA

Pasen ustedes. ¡Niño, deja esa matraca, que me quiebras la cabeza!

EL RAPISTA

Doña Terita, usted siempre a la labor de ganchillo, sobreponiéndose a su acerba pena.

LA BOTICARIA

Crea usted que me distrae. Niño, echa los cierres.

EL SACRISTÁN

Da usted ejemplo a muchas vecinas.

LA BOTICARIA

No faltará quien me moteje.

EL SACRISTÁN

¡Qué reputación no muerde la envidia, mi señora Doña Terita!

EL RAPISTA

¡Y en esta vecindad!

EL SACRISTÁN

Por donde usted vaya verá los mismos ejemplos, Doña Terita. Toda la España es una demagogia. Esta disolución viene de la Prensa.

EL RAPISTA

Ahora le han puesto mordaza.

EL SACRISTÁN

Cuando el mal no tiene cura.

EL RAPISTA

¡Y tampoco es unánime en el escalpelo toda la Prensa! La hay mala y la hay buena. Vean ustedes publicaciones como *Blanco y Negro*. Doña Terita, si usted desea distraerse algún rato, disponga usted de la colección completa. Es la vanagloria que tiene un servidor y el ornato de su establecimiento.

LA BOTICARIA

Creo que trae muy buenas cosas esa publicación.

EL RAPISTA

¡De todo! Retratos de las celebridades más célebres. La Familia Real, *Machaquito, La Imperio*. ¡El célebre toro *Coronel!* ¡El fenómeno más grande de las plazas españolas, que tomó quince varas y mató once caballos! En bodas y bautizos publica fotografías de lo mejor. Un emporio de recetas: ¡Allí, culinarias! ¡Allí, composturas para toda clase de vidrios y porcelanas! ¡Allí, licorería! ¡Allí, quitamanchas!...

El rapista, menudo, petulante, apologético, cachea en la petaca, sopla las hojas de un librillo, y una que arranca se la pega en el labio. El sacristán, con aire cazurro, por las sisas de la sotana se registraba los calzones. Saca, envuelto en un pañuelo de yerbas, el cuaderno de la Cofradía del Santo Sepulcro. Con la uña anota una página y se la muestra a la viuda, que suspira, puestos los lentes en la punta de la nariz.

EL SACRISTÁN

Doña Terita, si no le sirve de molestia, ¿quiere usted pasar la vista por esta anotación y firmar en ella su conforme? ¡Siempre en el supuesto de que no le sirva de molestia!

LA BOTICARIA

¿Pero aquí, qué pones?

EL SACRISTÁN

El pico del entierro.

LA BOTICARIA

¿Pero tú tienes conciencia?

EL SACRISTÁN

Me parece.

LA BOTICARIA

¡Esta cuenta es un sacrilegio!

EL SACRISTÁN

Doña Terita, es usted la mar de célebre.

LA BOTICARIA

¡Un robo escandaloso! ¡Siete duros de cera!

EL SACRISTÁN

Y aún pierde siete reales la iglesia. La cera consumida sube ese pico. Siete reales que pierde la iglesia.

LA BOTICARIA

¡El armonio cinco duros! ¡Pero cuándo se ha visto?

EL SACRISTÁN

El armonio y dos cantores. ¡Es la tarifa!

LA BOTICARIA

¡Con estos precios ahuyentáis la fe! ¡Las misas a once reales es un escándalo! ¿Pero adónde me van a subir las misas Gregorianas?...

EL SACRISTÁN

¡Y la rebaja de pena que usted puede llevar con esos sufragios al finado! ¡Todo hay que ponerlo en balanza, Doña Terita!

LA BOTICARIA

Las indulgencias no debían cobrarse.

EL SACRISTÁN

¡Sin eso, a morir! ¡Usted considere que no tiene otras aduanas la Santa Madre Iglesia!

EL RAPISTA

Opino como Doña Terita. La Iglesia debía operar con mayor economía. No digamos de balde, pero casamientos, bautizos y sepelios están sobrecargados en un cincuenta por ciento.

LA BOTICARIA

¡Y eso no se llama usura!

EL SACRISTÁN

¡Que va usted degenerando en herética, Doña Terita!

LA BOTICARIA

¡Pues vele con el cuento al Nuncio Apostólico!

EL SACRISTÁN

Usted está nerviosa.

LA BOTICARIA

¡Cómo no estarlo!

EL RAPISTA

Doña Terita, visto el mal resultado de este amigo, yo me najo sin presentar mi factura.

LA BOTICARIA

Puede usted hacerlo.

EL RAPISTA

¿No será demasiada jaqueca?

LA BOTICARIA

¡Ya que estoy en ello!... Niño, apaga los globos de la puerta.

El rapista, con destreza de novillero, salta por encima del mostrador. Finústico y petulante, le presenta el papel a la viuda, que lo repasa alzándose los lentes, sin cabalgarlos. Gesto desdeñoso y resignado de pulcra Artemisa Boticaria.

EL RAPISTA

Doña Terita, si le parece dejarlo para otra ocasión, no se hable más, y a sus órdenes.

LA BOTICARIA

Liquidaremos ahora. ¿Qué ha puesto usted aquí? ¡Una peseta!

EL RAPISTA

Pastilla jabón d'olor, para adecentamiento del finado.

LA BOTICARIA

¿Y esta partida?

EL RAPISTA

De hacerle la barba.

LA BOTICARIA

Mi finado tenía con usted un arreglo.

EL RAPISTA

¡Doña Terita, esa partida está rebajada en un cincuenta por ciento! Yo le hago la barba a un viviente por tres perras, pero usted no se representa lo que impone un muerto enjabonado. ¡Y su esposo no ha sido de los menos! También tenga usted por sabido que las barbas de los muertos son muy resistentes y mellan toda la herramienta.

LA BOTICARIA

¡Dos pesetas es un escándalo!

EL RAPISTA

Pues pone usted aquello que tenga voluntad. Y si no quiere poner nada, borra el cargo de la factura.

LA BOTICARIA

Naturalmente. ¿Quiere usted cobrar ahora?

EL RAPISTA

Si lo tiene por bueno.

LA BOTICARIA

Tres cincuenta. ¡Qué robo más escandaloso!

EL SACRISTÁN

Doña Terita, es usted la mar de célebre.

LA BOTICARIA

Niño, entorna la puerta.

EL SACRISTÁN

Doña Terita, si acuerda que se digan las Gregorianas, sírvase pasar un aviso a la Parroquia. Y no la molesto más, que usted desea retirarse a las sábanas.

EL RAPISTA

Doña Terita, suscribo las palabras del amigo. En su situación de viuda nerviosa, la mejor medicina es el descanso.

La viuda suspira, aprieta la boca, se abstrae en la contemplación de sus manos con mitones. El galopín, al canto de la puerta, desdobla media hoja. Se enhebran por la abertura sacristán y rapabarbas.

ESCENA SEXTA

En el cielo raso, un globo de luz. Alcoba grande y pulcra, cromos y santicos por las paredes. El tálamo de hierro fundido y boliches de cristal translúcido, perfila, bajo la luz, el costado donde roncaba el difunto. En la pila del agua bendita, un angelote toca el clarinete —alones azules, faldellín movido al viento, las rosadas pantorrillas en un cruce de bolero—. Entra DOÑA TERITA *quitándose los postizos del moño. Se detiene en el círculo de luz, con una horquilla atravesada en la boca. Resuena la casa con fuertes aldabonazos. Doña Terita, soltándose las enaguas, retrocede a la puerta.*

LA BOTICARIA

Asómate, niño, a la ventana. Mira quién sea. No abras sin bien cerciorarte.

EL GALOPÍN

¡Qué más cercioro! Por el estruendo que mete es el punto alojado.

LA BOTICARIA

Pues no le abras. Que duerma al sereno.

EL GALOPÍN

Es muy capaz de apedrearnos las tejas.

LA BOTICARIA

¡Pues no se le abre! ¡Ese hombre me da miedo!

EL GALOPÍN

¡Tendremos escándalo toda la noche!

LA BOTICARIA

¡Ya se cansará de repicar!

EL GALOPÍN

Viene de la taberna, y el vino es muy temoso.

Cesan los golpes. La casa queda en silencio. Parpadea una mariposa en el globo de luz. La boticaria y el dependiente, en asustada mudez, alargan la oreja. Alguien ha rozado los hierros del balcón.

EL GALOPÍN

¡Ahí le tenemos!

LA BOTICARIA

¡Jesús, mil veces! ¡Artes de ladrón tiene el malvado!

EL GALOPÍN

¡Nada se sacó con dejarle fuera!

Saltan con fracaso de cristales, estremecidas, rebotantes, las puertas del balcón. Juanito Ventolera, entre los quicios, algarero y farsante, hace una reverencia.

JUANITO VENTOLERA

Doña Terita, traigo para usted una visita de su finado.

LA BOTICARIA

¡A la falta de respeto une usted el escarnio!

JUANITO VENTOLERA

¡Palabra, Doña Terita! El difunto me ha designado por su albacea, y usted puede comprobar que no digo mentira si se digna concederme una mirada de sus bellos ojos. ¿Teme usted enamorarse,

Doña Terita? No lo deje usted por ese miramiento, que tendrá usted por mi parte una fina correspondencia.

LA BOTICARIA

¡Váyase usted, o alboroto la vecindad y la duerme usted en la cárcel!

JUANITO VENTOLERA

Doña Terita, mejor le irá conservándose afónica.

Juanito Ventolera entra en la alcoba, haciendo piernas, mofador y chispón, los brazos en jarra. Doña Terita se desploma perlática. En el círculo de luz queda abierto el ruedo de las faldas. El galopín, revolante el mandilón, se acoge a la puerta. Doña Terita se dramatiza con un grito.

LA BOTICARIA

¡Niño, no me dejes!

JUANITO VENTOLERA

¡Doña Terita, usted me ofende con ese recelo! ¡No vea usted en mí al punto alojado! Es una visita del llorado cadáver la que le traigo, téngalo usted presente. Si entro por el balcón, usted lo ha impuesto no queriendo franquearme la puerta.

LA BOTICARIA

Se irá usted a dormir fuera. Yo le pago la posada.

Doña Terita se tuerce sobre el regazo la faltriquera, y cuenta las perronas. Con ellas van saliendo el alfiletero, las llaves, un ovillo de lana.

JUANITO VENTOLERA

Es poco el suelto, Doña Terita.

LA BOTICARIA

¡Dos pesetas! ¡Muy suficiente!

JUANITO VENTOLERA

¡Una pringue! Menda se hospeda en los mejores hoteles. Ya lo discutiremos, si usted se obceca. Sepa usted que el llorado cadáver se ha conducido con un servidor para no olvidarlo en la vida. Si usted me otorgase alguna de sus dulces miradas, tendría el comprobante.

LA BOTICARIA

¡Respete usted la memoria de mi esposo! ¡No más escarnios!

JUANITO VENTOLERA

Es usted una viuda por demás acalorada.

LA BOTICARIA

¡Váyase usted!

JUANITO VENTOLERA

Estoy aquí para recoger el bombín y el bastón del difunto. ¡Me los ha legado! ¿Reconoce usted el terno? ¡Me lo ha legado! ¡Un barbián el patrón! ¡Se antojó disfrazarse con mi rayadillo, para darle una broma a San Pedro! Repare usted el terno que yo visto. Hemos changado y vengo por el bombín y el bastón de borlas. Va usted a dármelos. Se los pido en nombre del llorado cadáver. Levante usted la cabeza. Descúbrase los ojos. Irrádieme usted una mirada.

Hace en torno de la boticaria un bordo de gallo pinturero con castañuelas y compases de baile. La boticaria aspa los brazos en el ruedo de las faldas; grita perlática.

LA BOTICARIA

¡Cristo bendito! ¡Noche de espantos! ¡Esto es un mal sueño! ¡Sueño renegado! ¡Niño! ¡Niño! ¿Dónde estás? ¡Mójame las sienes! ¡Echame agua en la cara! ¡El espasmódico! ¡No te vayas!

JUANITO VENTOLERA

¡Doña Terita, deje usted esos formularios de novela! ¡Propios delirios gástricos! El finado difunto me ha solicitado el rayadillo, para no llevarse prendas de estima al Infierno. Los gritos de usted están por demás. ¡Delirios gástricos! ¡Bastón y bombín para irme de naja, que me espera una gachí de mistó! Usted tampoco está mala. ¡Bastón y bombín! ¡Doña Terita, va usted a recrearse mirándome!

LA BOTICARIA

¡Niño, dame el rosario! ¡Llévame a la cama! ¡Echale un aspergio de agua bendita! ¡Anda suelto el Maligno! ¡Me baila alrededor con negro revuelo! ¡Esposo mío, si estás enojado, desenójate! ¡Tendrás los mejores sufragios! ¡Aunque monten a la luna! ¡Niño, llévame a la cama!

JUANITO VENTOLERA

¡Niño, vamos a ello y cachea un pañuelo para ponerle mordaza! ¡Vivo y sin atolondrarse! ¡Ya te llegará la tuya!

Doña Terita se desmaya, asomando un zancajo. El virote mandilón hipa turulato. Juanillo Ventolera le sacude por la nariz.

EL GALOPÍN

¡Ay! ¡Ay! ¡Ay!

JUANITO VENTOLERA

¡Una soga!

EL GALOPÍN

¿Y de dónde la saco?

JUANITO VENTOLERA

De la pelleja.

Le arranca el mandilón y lo hace tiras. El galopín queda en almilla: Un mamarracho, con gran culera remendada, tirantes y alpargatas. Se limpia los ojos.

EL GALOPÍN

¡Para eso un vendaje Barré!

JUANITO VENTOLERA

Ese pío llega retrasado. Vamos con la patrona a tumbarla en el catre.

El galopín se mueve, obediente a la voluntad del soldado. Sacan a la desmayada del ruedo haldudo, y la llevan en volandas. Por la cinturilla del jubón negro, la camisa ondula su faldeta. Se apaga la luz oportunamente.

ESCENA SÉPTIMA

La borrosa silueta por el entresijo de callejones, entrevista la casa del pecado. Bastón y bombín, botas con grillos en las suelas. Esguinces de avinado. En la sala baja las manflotas —flores en el peinado, batas con lazos y volantes— cecean tras de las rejas a cuantos pasan. JUANITO VENTOLERA, *con un esguince, en la puerta.*

JUANITO VENTOLERA

¡Vengo a dejaros la plata! ¡Se me ha puesto convidaros a todas! Si no hay piano, se busca. ¡Aquí se responde con cartera! ¡Madre priora, quiero llevarme una gachí! ¡Redimirla! ¿Dónde está esa garza enjaulada?

LA DAIFA

¡Buena la traes! ¡Te desconocía sin las cruces del pecho! ¿O tú no eres el punto que me habló la noche pasada?

JUANITO VENTOLERA

¡Juanillo Ventolera, repatriado de Cubita libre!

LA DAIFA

¿Por qué no traes puestas las cruces?

JUANITO VENTOLERA

Se las traspasé a un fiambre. ¡Con ellas podrá darse pisto entre las benditas del Purgatorio!

LA DAIFA

¡No hagas escarnios! ¡Entre las benditas hago cuenta que tengo a mi madre!

JUANITO VENTOLERA

¿Y tu papá, de dónde te escribe?

LA DAIFA

A ése no lo quiere ni el Diablo.

JUANITO VENTOLERA

¡Sujeto de mérito!

LA DAIFA

¡Mira qué ilusión! ¡Cuando te vi llegar, se me ha representado! ¡Bombín y bastón! ¡Majo que te vienes!

JUANITO VENTOLERA

¡Una hembra tan barbi no pide menos!

LA DAIFA

¡Algo más gordo era el finado!

JUANITO VENTOLERA

Aciertas más de lo que sospechas, lo ha llevado antes un muerto. Se lo he pedido para venir a camelarte.

LA DAIFA

Deja la guasa. ¡Vaya un terno! ¡Y los forros de primera!

JUANITO VENTOLERA

¡Una ganga!

LA DAIFA

¡Pues si voy a decirte verdad, mejor me caías con el rayadillo y las cruces en el pecho!

JUANITO VENTOLERA

¡Las mujeres os deslumbráis con apariencias panolis! ¡Todas al modo de mariposas! Las cruces, de paisano, no visten.

LA DAIFA

¡Me gustabas más con las cruces!

JUANITO VENTOLERA

¡No visten! ¡Vamos, niña, a ponerme los ojos tiernos!... ¡A mudar de tocata, y a darme el opio con tus miradas!

LA DAIFA

¿Y si me negase? ¿Me declaré por un acaso tu fiel esclava? ¡A mí no me chulea ni el rey de los ochos, para cuanti más Juanillo Ventolera!

JUANITO VENTOLERA

Por achares no entro, paloma. Soy piloto de todos los mares y no me cogen de sobresalto cambios de veleta. Déjame paso, que me está haciendo tilín aquella morocha.

LA DAIFA

Primero convida, y si te duele hacer la jarra, yo pago los cafeses.

JUANITO VENTOLERA

¿Con copa?

LA DAIFA

Copa y cajetilla de habanos.

JUANITO VENTOLERA

Dirás luego que te chuleo, cuando eres tú propia quien me busca las vueltas, como a Cristo la María Magdalena. ¡Yo pago los cafeses y cuanto se tercie! ¡Y si te hallo de mi gusto, te redimo! ¡Se responde con cartera! ¡Madre Celeste, a cerrar las puertas! ¡Esta noche reina aquí Juanito Ventolera!

El bulto encapuchado del farol y el chuzo aparece por la esquina. La Madre Celeste arruga el ruedo de las faldas, metiéndose por medio entre la daifa y el soldado.

LA MADRE

¡A no mover escándalo! ¡Niña, al adentro! ¡Basta de changüí, que palique en puerta sólo gana resfriados! Si este boquillero quiere juerga, que afloje los busiles.

JUANITO VENTOLERA

Tengo en la bolsa un kilo de billetaje.

LA MADRE

Conque saques un veragua...

JUANITO VENTOLERA

¡Voy a cegarte!

Se desabotona y palpa el pecho. Del bolsillo interior extrae una carta cerrada. Se mete por la sala de daifas con el sobre en la mano, buscando luz para leerlo. Queda en el círculo de la lámpara.

JUANITO VENTOLERA

Correo de difuntos. Sin franqueo. Señor Don Sócrates Galindo.

LA DAIFA

Deja las burlas. ¿De dónde conoces a ese sujeto?

JUANITO VENTOLERA

¡Mi ex patrón!

LA DAIFA

¿El boticario de Calle Nueva?

JUANITO VENTOLERA

El mismo.

LA DAIFA

¡Qué enredo malvado! ¿Te habló de mí? ¿Cómo averiguaste el lazo que conmigo tiene?

JUANITO VENTOLERA

No entro por achares. De tu pasado, morena, no se me da nada.

LA DAIFA

Pues tú me has tirado la pulla.

JUANITO VENTOLERA

He leído el nombre que viene en el sobre.

LA DAIFA

¿Y esa carta, cómo está en tus manos? ¿Quieres aclarármelo?

JUANITO VENTOLERA

Venía en el terno.

Las niñas se acunan en las mecedoras: Fuman cigarrillos de soldado, deleitándose con pereza galocha; un hilo de humo en la raja pintada de la boca. La tía coruja, que se recose el zancajo bajo la escalerilla, susurra con guiño, quebrando la hebra.

LA BRUJA

¿Cuántos cafeses?

JUANITO VENTOLERA

Para toda la concurrencia.

LA MADRE

¡Alumbra por delante el pago, moreno!

JUANITO VENTOLERA

Madre Celeste, tengo para comprarte todo el ganado.

Juanito Ventolera posa la carta en el velador, entre la baraja y el plato de habichuelas. Torna a palparse los bolsillos, y muestra un fajo de billetes. Se guarda los billetes, rasga el sobre de la carta y saca un pliego de escritura torcida.

JUANITO VENTOLERA

«Querido padre: Por la presente considere el arrepentimiento de esta su hija, que se reputa como la más desgraciada de las mujeres.»

LA DAIFA

¡Esa carta yo la escribí! ¡Mi carta! Juanillo Ventolera, rompe ese papel. ¡No leas más! ¡Si te pagan por venir a clavarme ese puñal, ya tienes cumplido! ¡Dame esa carta!

JUANITO VENTOLERA

¿Tú la escribiste?

LA DAIFA

Yo misma.

JUANITO VENTOLERA

¡Miau! ¡Vas a darte por hija del difunto!

LA DAIFA

¡Difunto mi padre!

JUANITO VENTOLERA

¡Qué enredo macanudo!

LA DAIFA

¡Responde! ¿Difunto mi padre?

JUANITO VENTOLERA

¿El boticario de Calle Nueva?

LA DAIFA

¡Justamente!

JUANITO VENTOLERA

¡Mi ex patrón! Hoy ha recibido tierra el autor de tus días. Ayer estiró el remo. ¡Niña, los dos heredamos!

LA DAIFA

¡Qué relajo de guasa!

JUANITO VENTOLERA

¡Este flux tan majo le ha servido de mortaja! Me propuso la changa para darle una broma a San Pedro. ¡Has heredado! ¡Eres huérfana! ¡Luz de donde el sol la toma, no te mires más para desmayarte!

LA DAIFA

¡Ay mi padre!

LA MADRE

¡Sujetadle las manos para que no se arañe el físico! ¡Que huela vinagre! ¡Satanás de los Infiernos, estos son los cafeses a que convidabas!

La tía coruja acude con un botellín. Dos niñas sujetan las manos de la desmayada. Enseña las ligas, se le suelta el moño, suspira con espasmo histérico. Juanillo Ventolera, en tanto la asisten, hace lectura de la carta.

JUANITO VENTOLERA

«Querido padre: Por la presente considere usted el arrepentimiento de esta hija que se reputa como la más desgraciada de las mujeres. Una mujer abandonada, considere, padre mío, que es puesta en los brazos del pecado. Considere, padre mío, qué cosa tan triste buscar trabajo y hallar cerradas todas las puertas. Así que usted verá. Considere, padre mío, que, falta de recursos, muerta de hambre sin este trato de mi cuerpo aborrecido. Estuve en el hospital sacramentada, y todos allí me daban por muerta. ¡Vea, padre mío, cómo me veo castigada! Recibí el recado que me mandó por la asistenta, y debo decirle no ser verdad que yo arrastre su honra, pues con esa mira cambié mi nombre, y digo en todas partes que me llamo Ernestina. No tiene, pues, nada que recelar, que siempre fui hija amantísima, y no iba ahora a dejar de serlo. En cuanto a lo otro que me manda decir, también lo haré. Conforme estoy en irme a donde no se sepa de mi vida. Pero tengo una deuda en la casa donde estoy, y el ama me retiene la ropa. Sin eso, ya me hubiese ido a Lisboa. Dicen que allí las españolas son muy estimadas. Las compañeras que conocen aquello lo ponen por cima de Barcelona. El viaje cuesta diez duros. Tocante a la deuda, con pagar la mitad ya me dejan sacar el baúl. Padre mío, levánteme su maldición, mire por esta hija. No volveré a molestarle. La cantidad que le señalo es la menos con que puedo arreglarme, y a su buen corazón se encomienda ésta su hija que lo es, Ernestina. Así es como deben preguntar. Casa de la Carmelitana. Entremuros, 37.»

UNA NIÑA

¡Está bien puesta la carta!

OTRA NIÑA

¡La sacó del Manual!

LA MADRE

Juanillo, hojea el billetaje. Después de este folletín, los cafeses son obligados.

ESPERPENTO DE LOS CUERNOS DE DON FRIOLERA

DRAMATIS PERSONAE

DON ESTRAFALARIO Y DON MANOLITO, INTELECTUALES.

UN BULULU Y SUS CRISTOBILLAS.

EL TENIENTE DON FRIOLERA, DOÑA LORETA, SU MUJER Y MANOLITA, FRUTO DE ESTA PAREJA.

PACHEQUÍN, BARBERO MARCHOSO.

DOÑA TADEA, BEATA COTILLONA.

NELO EL PENEQUE, EL NIÑO DEL MELONAR Y CURRO CADENAS, MATUTEROS.

DOÑA CALIXTA LA DE LOS BILLARES.

BARALLOCAS, MOZO DE LOS BILLARES.

LOS TENIENTES DON LAURO ROVIROSA, DON GABINO CAMPERO Y DON MATEO CARDONA, EL CORONEL Y LA CORONELA.

UN CIEGO ROMANCISTA.

UN CARABINERO.

MERLÍN, PERRILLO DE LANAS.

UNA COTORRA.

LA ACCIÓN, EN SAN FERNANDO DEL CABO, PERLA MARINA DE ESPAÑA.

PRÓLOGO

Las ferias de Santiago el Verde, en la raya portuguesa. El corral de una posada, con entrar y salir de gentes, tratos, ofertas y picardeo. En el arambol del corredor, dos figuras asomadas: Boinas azules, vasto entrecejo, gozo contemplativo casi infantil y casi austero, todo acude a decir que aquellas cabezas son vascongadas. Y así es lo cierto. El viejo rasurado, expresión mínima y dulce de lego franciscano, es DON MANOLITO EL PINTOR. *Su compañero, un espectro de antiparras y barbas, es el clérigo hereje que ahorcó los hábitos en Oñate —la malicia ha dejado en olvido su nombre, para decirle* DON ESTRAFALARIO—. *Corren España por conocerla, y divagan alguna vez proyectando un libro de dibujos y comentos.*

DON ESTRAFALARIO

¿Qué ha hecho usted esta mañana, Don Manolito? ¡Tiene usted la expresión del hombre que ha mantenido una conversación con los ángeles!

DON MANOLITO

¡Qué gran descubrimiento, Don Estrafalario! ¡Un cuadro muy malo, con la emoción de Goya y del Greco!

DON ESTRAFALARIO

¿Ese pintor no habrá pasado por la Escuela de Bellas Artes?

DON MANOLITO

No ha pasado por ninguna escuela. ¡Hace manos de seis dedos, y toda clase de diabluras con azul, albayalde y amarillo!

DON ESTRAFALARIO

¡Debe ser un genio!

DON MANOLITO

¡Un bárbaro!... ¡Da espanto!

DON ESTRAFALARIO

¿Y dónde está ese cuadro, Don Manolito?

DON MANOLITO

Lo lleva un ciego.

DON ESTRAFALARIO

Ya lo he visto.

DON MANOLITO

¿Y qué?

DON ESTRAFALARIO

Que si usted quiere, lo compraremos a medias.

DON MANOLITO

El tuno que lo lleva, no lo vende.

DON ESTRAFALARIO

¿Se lo ha puesto usted en precio?

DON MANOLITO

¡Naturalmente! ¡Y se lo pagaba bien! ¡Llegué a ofrecerle hasta tres duros!

DON ESTRAFALARIO

En cinco puede ser que nos lo deje.

DON MANOLITO

Vale ese dinero. ¡Hay un pecador que se ahorca, y un diablo que ríe, como no los ha soñado Goya!... Es la obra maestra de una pintura absurda. Un Orbaneja de genio. El Diablo que saca la lengua y guiña el ojo, es un prodigio. Se siente la carcajada. Resuena.

DON ESTRAFALARIO

También a mí me ha preocupado la carantoña del Diablo frente al Pecador. La verdad es que tenía otra idea de las risas infernales; había pensado siempre que fuesen de desprecio, de un supremo desprecio, y no. Ese pintor absurdo me ha revelado que los pobres humanos le hacemos mucha gracia al Cornudo Monarca. ¡Ese Orbaneja me ha llenado de dudas, Don Manolito!

DON MANOLITO

Esta mañana apuró usted del frasco, Don Estrafalario. Está usted algo calamocano.

DON ESTRAFALARIO

¡Alma de Dios, para usted lo estoy siempre! ¿No comprende usted que si al Diablo le hacemos gracia los pecadores, la consecuencia es que se regocija con la Obra Divina?

DON MANOLITO

En sus defectos, Don Estrafalario.

DON ESTRAFALARIO

¡Que cae usted en el error de Manes! La Obra Divina está exenta de defectos. No crea usted en la realidad de ese Diablo que se interesa por el sainete humano y se divierte como un tendero. Las lágrimas y la risa nacen de la contemplación de cosas parejas a nosotros mismos, y el Diablo es de naturaleza angélica. ¿Está usted conforme, Don Manolito?

DON MANOLITO

Póngamelo usted más claro, Don Estrafalario. ¡Explíquese!

DON ESTRAFALARIO

Los sentimentales que en los toros se duelen de la agonía de los caballos, son incapaces para la emoción estética de la lidia. Su sensibilidad se revela pareja de la sensibilidad equina, y por caso de cerebración inconsciente, llegan a suponer para ellos una suerte igual a la de aquellos rocines destripados. Si no supieran que guardan treinta varas de morcillas en el arca del cenar, crea usted que no se conmovían. ¿Por ventura los ha visto usted llorar cuando un barreno destripa una cantera?

DON MANOLITO

¿Y usted supone que no se conmueven por estar más lejos sensiblemente de las rocas que de los caballos?

DON ESTRAFALARIO

Así es. Y paralelamente ocurre lo mismo con las cosas que nos regocijan: Reservamos nuestras burlas para aquello que nos es semejante.

DON MANOLITO

Hay que amar, Don Estrafalario. La risa y las lágrimas son los caminos de Dios. Ésa es mi estética y la de usted.

DON ESTRAFALARIO

La mía no. Mi estética es una superación del dolor y de la risa, como deben ser las conversaciones de los muertos, al contarse historias de los vivos.

DON MANOLITO

¿Y por qué sospecha usted que sea así el recordar de los muertos?

DON ESTRAFALARIO

Porque ya son inmortales. Todo nuestro arte nace de saber que un día pasaremos. Ese saber iguala a los hombres mucho más que la Revolución Francesa.

DON MANOLITO

¡Usted, Don Estrafalario, quiere ser como Dios!

DON ESTRAFALARIO

Yo quisiera ver este mundo con la perspectiva de la otra ribera. Soy como aquel mi pariente que usted conoció, y que una vez, al preguntarle el cacique, qué deseaba ser, contestó: «Yo, difunto.»

En el corral de la posada, y al cobijo del corredor, se ha juntado un corro de feriantes. Bajo la capa parda de un viejo ladino revelan sus bultos los muñecos de un teatro rudimentario y popular. El bululú teclea un aire de fandango en su desvencijada zanfoña, y el acólito, rapaz lleno de malicias, se le esconde bajo la capa, para mover los muñecos. Comienza la representación.

EL BULULÚ

¡Mi Teniente Don Friolera, saque usted la cabeza de fuera!

VOZ DE FANTOCHE

Estoy de guardia en el cuartel.

EL BULULÚ

¡Pícara guardia! La bolichera, mi Teniente Don Friolera, le asciende a usted a coronel.

VOZ DE FANTOCHE

¡Mentira!

EL BULULÚ

No miente el ciego Fidel.

El fantoche, con los brazos aspados y el ros en la oreja, hace su aparición sobre un hombro del compadre que guiña el ojo cantando al son de la zanfoña.

EL BULULÚ

¡A la jota jota, y más a la jota, que Santa Lilaila parió una marmota! ¡Y la marmota parió un escribano con pluma y tintero de cuerno, en la mano! ¡Y el escribano parió un escribiente con pluma y tintero de cuerno, en la frente!

EL FANTOCHE

¡Calla, renegado perro de Moisés! Tú buscas morir degollado por mi cuchillo portugués.

EL BULULÚ

¡Sooo! No camine tan agudo, mi Teniente Don Friolera, y mate usted a la bolichera, si no se aviene con ser cornudo.

EL FANTOCHE

¡Repara, Fidel, que no soy su marido, y al no serlo no puedo ser juez!

EL BULULÚ

Pues será usted un cabrón consentido.

EL FANTOCHE

Antes que eso le pico la nuez. ¿Quién mi honra escarnece?

EL BULULÚ

Pedro Mal-Casado.

EL FANTOCHE

¿Qué pena merece?

EL BULULÚ

Morir degollado.

EL FANTOCHE

¿En qué oficio trata?

EL BULULÚ

Burros aceiteros conduce en reata, ganando dineros. Mi Teniente Don Friolera, llame usted a la bolichera.

EL FANTOCHE

¡Comparece, mujer deshonesta!

UN GRITO CHILLÓN

¿Amor mío por qué así me injurias?

EL FANTOCHE

¡A este puñal pide respuesta!

EL GRITO CHILLÓN

¡Amor mío, calma tus furias!

Por el otro hombro del compadre, hace su aparición una moña, cara de luna y pelo de estopa: En el rodete una rosa de papel. Grita aspando los brazos. Manotea. Se azota con rabioso tableteo la cara de madera.

EL BULULÚ

Si la camisa de la bolichera huele a aceite, mátela usted.

LA MOÑA

¡Ciego piojoso, no encismes a un hombre celoso!

EL BULULÚ

Si pringa de aceite, dele usted mulé. Levántele usted el refajo, sáquele usted el faldón para fuera, y olisquee a qué huele el pispajo, mi Teniente Don Friolera. ¿Mi Teniente, qué dice el faldón?

EL FANTOCHE

¡Válgame Dios, que soy un cabrón!

EL BULULÚ

Dele usted, mi Teniente, baqueta. Zúrrela usted, mi Teniente, el pandero. Ábrala usted con la bayoneta, en la pelleja, un agujero. ¡Mátela usted si huele a aceitero!

LA MOÑA

Vertióseme anoche el candil al meterme en los cobertores. ¡De eso me huele el fogaril, no de andar en otros amores! ¡Ciego mentiroso, mira tú de no ser más cabrón, y no encismes el corazón de un enamorado celoso!

EL BULULÚ

¡Ande usted, mi Teniente, con ella! ¡Cósala usted con un puñal! Tiene usted, por su buena estrella, vecina la raya de Portugal.

EL FANTOCHE

¡Me comeré en albondiguillas el tasajo de esta bribona, y haré de su sangre morcillas!

EL BULULÚ

Convide usted a la comilona.

LA MOÑA

¡Derramas mi sangre inocente, cruel enamorado! ¡No dicta sentencia el hombre prudente, por murmuraciones de un malvado!

EL FANTOCHE

¡Muere, ingrata! ¡Guiña el ojo y estira la pata!

LA MOÑA

¡Muerta soy! ¡El Teniente me mata!

El fantoche reparte tajos y cuchilladas con la cimitarra de Otelo. La corva hoja reluce terrible sobre la cabeza del compadre. La moña cae soltando las horquillas y enseñando las calcetas. Remolino de gritos y brazos aspados.

EL BULULÚ

¡Mi Teniente, alerta, que con los fusiles están los civiles llamando a la puerta! ¡Del Burgo, Cabrejas, Medina y Valduero, las cuatro parejas, con el aceitero!

EL FANTOCHE

¡San Cristo, qué apuro!

EL BULULÚ

Al pie de la muerta, suene usted, mi Teniente, un duro por ver si despierta. ¿Mi Teniente, cómo responde?

EL FANTOCHE

¿Cómo responde? Con una higa, y el duro esconde bajo la liga.

EL BULULÚ

¿Mi Teniente, es alta la media?

EL FANTOCHE

¡Si es alta la media! Media conejera.

EL BULULÚ

¡Olé la Trigedia de los Cuernos de Don Friolera!

Termina la representación. Aire de fandango en la zanfoña del compadre. El acólito deja el socaire de la capa, y da vuelta al corro, haciendo saltar cuatro perronas en un platillo de peltre. En lo alto del mirador, las cabezas vascongadas sonríen ingenuamente.

DON MANOLITO

Parece teatro napolitano.

DON ESTRAFALARIO

Pudiera acaso ser latino. Indudablemente la comprensión de este humor y esta moral, no es de tradición castellana. Es portuguesa y cántabra, y tal vez de la montaña de Cataluña. Las otras regiones, literariamente, no saben nada de estas burlas de cornudos, y este donoso buen sentido, tan contrario al honor teatral y africano de Castilla. Ese tabanque de muñecos sobre la espalda de un viejo prosero, para mí, es más sugestivo que todo el retórico teatro español. Y no digo esto por amor a las formas populares de la literatura... ¡Ahí están las abominables coplas de Joselito!

DON MANOLITO

A usted le gustan las del Espartero.

DON ESTRAFALARIO

Todas son abominables. Don Manolito, cada cual tiene el poeta que se merece.

DON MANOLITO

Las otras notabilidades nacionales no pasan de la gacetilla.

DON ESTRAFALARIO

Esas coplas de toreros, asesinos y ladrones, son periodismo ramplón.

DON MANOLITO

Usted, con ser tan sabio, las juzga por lectura, y de ahí no pasa. ¡Pero cuando se cantan con acompañamiento de guitarra, adquieren una gran emoción! No me negará usted que el romance de ciego, hiperbólico, truculento y sanguinario, es una forma popular.

DON ESTRAFALARIO

Una forma popular judaica, como el honor calderoniano. La crueldad y el dogmatismo del drama español solamente se encuentra en la Biblia. La crueldad sespiriana es magnífica, porque es ciega, con la grandeza de las fuerzas naturales. Shakespeare es violento, pero no dogmático. La crueldad española tiene toda la bárbara liturgia de los Autos de Fe. Es fría y antipática. Nada más lejos de la furia ciega de los elementos que Torquemada: Es una furia escolástica. Si nuestro teatro tuviese el temblor de las fiestas de toros, sería magnífico. Si hubiese sabido transportar esa violencia estética, sería un teatro heroico como la *Ilíada.* A falta de eso, tiene toda la antipatía de los códigos, desde la Constitución a la Gramática.

DON MANOLITO

Porque usted es anarquista.

DON ESTRAFALARIO

¡Tal vez!

DON MANOLITO

¿Y de dónde nos vendrá la redención, Don Estrafalario?

DON ESTRAFALARIO

Del compadre Fidel. ¡Don Manolito, el retablo de este tuno vale más que su Orbaneja!

DON MANOLITO

¿Por qué?

DON ESTRAFALARIO

Está más lleno de posibilidades.

DON MANOLITO

No admito esa respuesta. Usted no es filósofo, y no tiene derecho a responderme con pedanterías.

Usted no es más que hereje, como Don Miguel de Unamuno.

DON ESTRAFALARIO

¡A Dios gracias! Pero alguna vez hay que ser pedante. El compadre Fidel es superior a Yago. Yago, cuando desata aquel conflicto de celos, quiere vengarse, mientras que ese otro tuno, espíritu mucho más cultivado, sólo trata de divertirse a costa de Don Friolera. Shakespeare rima con el latido de su corazón, el corazón de Otelo: Se desdobla en los celos del Moro; creador y criatura son del mismo barro humano. En tanto ese Bululú, ni un solo momento deja de considerarse superior, por naturaleza, a los muñecos de su tabanque. Tiene una dignidad demiúrgica.

DON MANOLITO

Lo que usted echaba de menos en el Diablo de mi Orbaneja.

DON ESTRAFALARIO

Cabalmente, alma de Dios.

DON MANOLITO

¿Qué haría usted viendo ahorcarse a un pecador?

DON ESTRAFALARIO

Preguntarle por qué no lo había hecho antes. El Diablo es un intelectual, un filósofo, en su significación etimológica de amor y saber. El Deseo de Conocimiento se llama Diablo.

DON MANOLITO

El Diablo de usted es demasiado universitario.

DON ESTRAFALARIO

Fue estudiante en Maguncia e inventó allí el arte funesto de la Imprenta.

ESCENA PRIMERA

San Fernando de Cabo Estrivel: Una ciudad empingorotada sobre cantiles. En los cristales de los miradores, el sol enciende los mismos cabrilleos que en la turquesa del mar. A lo largo de los muelles, un mecerse de arboladuras, velámenes y chimeneas. En la punta, estremecida por bocanas de aire, la garita del Resguardo. Olor de caña quemada. Olor de tabaco. Olor de brea. Levante fresco. El himno inglés en las remotas cornetas de un barco de guerra. A la puerta de la garita, con el fusil terciado, un carabinero, y en el marco azul del ventanillo, la gorra de cuartel, una oreja y la pipa del Teniente don Pascual Astete —Don Friolera—. Una sombra, raposa, cautelosa, ronda la garita. Por el ventanillo asesta una piedra y escapa agachada. La piedra trae atado un papel con un escrito. Don Friolera lo recoge turulato, y espanta los ojos leyendo el papel.

DON FRIOLERA

Tu mujer piedra de escándalo. ¡Esto es un rayo a mis pies! ¡Loreta con sentencia de muerte! ¡Friolera! ¡Si fuese verdad tendría que degollarla! ¡Irremisiblemente condenada! En el Cuerpo de Carabineros no hay cabrones. ¡Friolera! ¿Y quién será el carajuelo que le ha trastornado los cascos a esa

Putifar?... Afortunadamente no pasará de una vil calumnia. Este pueblo es un pueblo de canallas. Pero hay que andarse con pupila. A Loreta me la solivianta ese pendejo de Pachequín. Ya me tenía la mosca en la oreja. Caer, no ha caído. ¡Friolera! Si supiese qué vainípedo escribió este papel, se lo comía. Para algunos canallas no hay mujer honrada... Solicitaré el traslado por si tiene algún fundamento esta infame calumnia... Cualquier ligereza, una imprudencia, las mujeres no reflexionan. ¡Pueblo de canallas! Yo no me divorcio por una denuncia anónima. ¡La desprecio! Loreta seguirá siendo mi compañera, el ángel de mi hogar. Nos casamos enamorados, y eso nunca se olvida. Matrimonio de ilusión. Matrimonio de puro amor. ¡Friolera!

Se enternece contemplando un guardapelo colgante en la cadena del reloj, suspira y enjuga una lágrima. Pasa por su voz el trémolo de un sollozo, y se le arruga la voz, con las mismas arrugas que la cara.

DON FRIOLERA

¿Y si esta infamia fuese verdad? La mujer es frágil. ¿Quién le iba con el soplo al Teniente Capriles?... ¡Friolera! ¡Y era público que su esposa le coronaba! No era un cabrón consentido. No lo era... Se lo achacaban. Y cuando lo supo mató como un héroe a la mujer, al asistente y al gato. Amigos de toda la vida. Compañeros de campaña. Los dos con la Medalla de Joló. Estábamos llamados a una suerte pareja. El oficial pundonoroso, jamás perdona a la esposa adúltera. Es una barbaridad. Para muchos lo es. Yo no lo admito: A la mujer que sale mala, pena capital. El paisano, y el propio oficial retirado, en algunas ocasiones, muy contadas, pueden perdonar. Se dan circunstancias. La mujer que violan contra su voluntad, la que atropellan acostada durmiendo, la mareada con alguna bebida. Solamente en estos casos admito yo la caída de Loreta. Y en estos casos tampoco podría perdonarla. Sirvo en activo. Pudiera hacerlo retirado del servicio. ¡Friolera!

Vuelve a deletrear con las cejas torcidas sobre el papel. Lo escudriña al trasluz, se lo pasa por la nariz, olfateando. Al cabo lo pliega y esconde en el fondo de la petaca.

DON FRIOLERA

¡Mi mujer piedra de escándalo! El torcedor ya lo tengo. Si es verdad, quisiera no haberlo sabido. Me reconozco un calzonazos. ¿Adónde voy yo con mis cincuenta y tres años averiados? ¡Una vida rota! En qué poco está la felicidad, en que la mujer te salga cabra. ¡Qué mal ángel, destruir con una denuncia anónima la paz conyugal! ¡Canallas! De buena gana quisiera atrapar una enfermedad y morirme en tres días. ¡Soy un mandria! ¡A mis años andar a tiros!... ¿Y si cerrase los ojos para ese contrabando? ¿Y si resolviese no saber nada? ¡Este mundo es una solfa! ¿Qué culpa tiene el marido de que la mujer le salga rana? ¡Y no basta una honrosa separación! ¡Friolera! ¡Si bastase!... La galería no se conforma con eso. El principio del honor ordena matar. ¡Pim! ¡Pam! ¡Pum!... El mundo nunca se cansa de ver títeres y agradece el espectáculo de balde. ¡Formulismos!... ¡Bastante tiene con su pena el ciudadano que ve deshecha su casa! ¡Ya lo creo! La mujer por un camino, el marido por otro, los hijos sin calor, desamparados. Y al sujeto, en estas circunstancias, le piden que degüelle y se satisfaga con sangre, como si no tuviese otra cosa que rencor en el alma. ¡Friolera! Y todos somos unos botarates. Yo mataré como el primero. ¡Friolera! Soy un militar español y no tengo derecho a filosofar como en Francia. ¡En el Cuerpo de Carabineros no hay maridos cabrones! ¡Friolera!

Acalorado, se quita el gorro y mete la cabeza por el ventanillo, respirando en las ráfagas del mar. Los cuatro pelos de su calva bailan un baile fatuo. En el fondo del muelle, sobre un grupo de mujeres y rapaces, bambolea el ataúd destinado a un capitán mercante, fallecido a bordo de su barco. Pachequín el barbero, que fue llamado para raparle las barbas, cojea detrás, pisándose la punta de la capa. Don Friolera, al verle, se recoge en la garita. Le tiembla el bigote como a los gatos cuando estornudan.

DON FRIOLERA

¡Era feliz sin saberlo, y ha venido ese pata coja a robarme la dicha!... Y acaso no... Esta sospecha debo desecharla. ¿Qué fundamento tiene? ¡Ninguno! ¡El canalla que escribió el anónimo es el verdadero canalla! Si esa calumnia fuese verdad, ateo como soy, falto de los consuelos religiosos, náufrago en la vida... En estas ocasiones, sin un amigo con quien manifestarse y alguna creencia, el hombre lo pasa mal. ¡Amigo! ¡No hay amigos! ¡Tú eres un ejemplo, Juanito Pacheco!

Cambia el gorro por el ros y sale de la garita. El carabinero de la puerta se cuadra, y el teniente le mira enigmático.

DON FRIOLERA

¿Qué haría usted si le engañase su mujer, Cabo Alegría?

EL CARABINERO

Mi Teniente, matarla como manda Dios.

DON FRIOLERA

¡Y después!...

EL CARABINERO

¡Después, pedir el traslado!

ESCENA SEGUNDA

Costanilla de Santiago el Verde, subiendo del puerto. Casas encaladas, patios floridos, morunos canceles. Juanito Pacheco, PACHEQUÍN *el barbero, cuarentón cojo y narigudo, con capa torera y quepis azul, rasguea la guitarra sentado bajo el jaulote de la cotorra, chillón y cromático.* DOÑA LORETA, *la señora tenienta, en la reja de una casa fronteriza, se prende un clavel en el rodete. Pachequín canta con los ojos en blanco.*

PACHEQUÍN

A tus pies, gachona mía,
pongo todo mi caudal:
Una jaca terciopelo,
un trabuco y un puñal...

LA COTORRA

¡Olé! ¡Viva tu madre!

DOÑA LORETA

¡Hasta la cotorra le jalea a usted, Pachequín!

PACHEQUÍN

¡Tiene un gusto muy refinado!

DOÑA LORETA

Le adula.

PACHEQUÍN

No sea usted satírica, Doña Loreta. Concédame que algo se chanela.

DOÑA LORETA

¿Qué toma usted para tener esa voz perlada?

PACHEQUÍN

Rejalgares que me da una vecina muy flamenca.

DOÑA LORETA

Serán rejalgares, pero a usted se le convierten en jarabe de pico.

PACHEQUÍN

¡Usted no me ha oído suspirar! ¡Pues va a ser preciso que usted me oiga!

DOÑA LORETA

Me he quedado sorda de un aire.

PACHEQUÍN

Son rejalgares, Doña Loreta.

DOÑA LORETA

Pero no los recibirá usted de mano de vecina, pues toda la tarde se la pasó el amigo de bureo.

PACHEQUÍN

Le debo una explicación, Doña Loreta.

DOÑA LORETA

¡Qué miramiento! ¡A mí no me debe usted nada!

PACHEQUÍN

Han reclamado mis servicios para rapar las barbas de un muerto.

DOÑA LORETA

¡Mala sombra!

PACHEQUÍN

Un servidor no cree en agüeros. Falleció a bordo el capitán de la *Joven Pepita.*

DOÑA LORETA

¡Por eso hacía señal la campana de Santiago el Verde!

PACHEQUÍN

A las siete es el sepelio.

DOÑA LORETA

¿Falleció de su muerte?

PACHEQUÍN

Falleció de unas calenturas, y lo propio del marino es morir ahogado.

DOÑA LORETA

Y lo propio de un barbero, morir de pelmazo.

PACHEQUÍN

¡Doña Loreta, es usted más rica que una ciruela!

DOÑA LORETA

Y usted un vivales.

PACHEQUÍN

Yo un pipi sin papeles, que está por usted ventolera.

DOÑA LORETA

¡Que se busca usted un compromiso con mi esposo!

PACHEQUÍN

Ya andaríamos con pupila, llegado el caso, Doña Loreta.

DOÑA LORETA

No hay pecado sellado.

PACHEQUÍN

¿Y de saberse, qué haría el Teniente?

DOÑA LORETA

¡Matarnos!

PACHEQUÍN

No llame usted a esa puerta tan negra. ¡Sería un por de más!

DOÑA LORETA

¡Ay, Pachequín, la esposa del militar, si cae, ya sabe lo que la espera!

PACHEQUÍN

¿No le agradaría a usted morir como una celebridad, y que su retrato saliese en la prensa?

DOÑA LORETA

¡La vida es muy rica, Pachequín! A mí me va muy bien en ella.

PACHEQUÍN

¿Es posible que no la camele a usted salir retratada en *A B C?*

DOÑA LORETA

¡Tío guasa!

PACHEQUÍN

¿Quiere decirse que le es a usted inverosímil?

DOÑA LORETA

¡Completamente!

PACHEQUÍN

No paso a creerlo.

DOÑA LORETA

Como sus murgas esta servidora.

PACHEQUÍN

No es caso parejo. ¿Qué prueba de amor me pide usted, Doña Loreta?

DOÑA LORETA

Ninguna. Tenga usted juicio y no me sofoque.

PACHEQUÍN

¿Va usted a quererme?

DOÑA LORETA

Ha hecho usted muchas picardías en el mundo, y pudiera suceder que las pagase todas juntas.

PACHEQUÍN

Si había de aplicarme usted el castigo, lo celebraría.

DOÑA LORETA

Usted se olvida de mi esposo.

PACHEQUÍN

Quiérame usted, que para ese toro tengo yo la muleta de Juan Belmonte.

DOÑA LORETA

No puedo quererle, Pachequín.

PACHEQUÍN

¿Y tampoco puede usted darme el clavel que luce en el moño?

DOÑA LORETA

¿Me va mal?

PACHEQUÍN

Le irá a usted mejor este reventón de mi solapa. ¿Cambiamos?

DOÑA LORETA

Como una fineza, Pachequín. Sin otra significación.

PACHEQUÍN

Un día la rapto, Doña Loreta.

DOÑA LORETA

Peso mucho, Pachequín.

PACHEQUÍN

¡Levanto yo más quintales que San Cristóbal!

DOÑA LORETA

Con el pico.

Doña Loreta ríe, haciendo escalas buchonas, y se desprende el clavel del rodete. Las mangas del peinador escurren por los brazos desnudos de la Tenienta. En el silencio expresivo del cambio de miradas, una beata con manto de merinillo asoma por el atrio de Santiago: Doña Tadea Calderón, que adusta y espantadiza, viendo el trueque de claveles, se santigua con la cruz del rosario. La tarasca, retirándose de la reja, toca hierro.

DOÑA LORETA

¡Lagarto! ¡Lagarto! ¡Esa bruja me da espeluznos!

Doña Tadea pasa atisbando. El garabato de su silueta se recorta sobre el destello cegador y moruno de las casas encaladas. Se desvanece bajo un porche, y a poco, su cabeza de lechuza asoma en el ventano de una guardilla.

ESCENA TERCERA

El cementerio de Santiago el Verde: Una tapia blanca con cipreses, y cancel negro con una cruz. Sobre la tierra removida, el capellán reza atropellado un responso, y el cortejo de mujerucas y marineros se dispersa. Al socaire de la tapia, como una sombra, va el teniente DON FRIOLERA, *que se cruza con algunos acompañantes del entierro. Juanito Pacheco, cojeando, pingona la capa, se le empareja.*

PACHEQUÍN

¡Salud, mi Teniente!

DON FRIOLERA

Apártate, Pachequín.

PACHEQUÍN

¡Tiene usted la color mudada! ¡A usted le ocurre algún contratiempo!

DON FRIOLERA

No me interrogues.

PACHEQUÍN

Manifiéstese usted con un amigo leal, mi Teniente.

DON FRIOLERA

Pachequín, ya llegará ocasión de que hablemos. Ahora sigue tu camino.

PACHEQUÍN

Conforme, no quiero serle molesto, mi Teniente.

DON FRIOLERA

¡Oye! ¿Por qué sales del cementerio?

PACHEQUÍN

He venido dando convoy al cadáver de un parroquiano.

DON FRIOLERA

¡Poca cosa!...

PACHEQUÍN

¡Y tan poca!

DON FRIOLERA

No hablemos más. ¡Adiós!

PACHEQUÍN

Todavía una palabra.

DON FRIOLERA

¡Suéltala!

PACHEQUÍN

¿Qué le ocurre a usted, mi Teniente? ¡Abra usted su pecho a un amigo!

DON FRIOLERA

Verías el Infierno.

PACHEQUÍN

¡Le hallo a usted como estrafalario!

DON FRIOLERA

Estás en tu derecho.

Don Friolera, haciendo gestos, se aleja pegado al blanco tapial de cipreses, y el barbero, contoneándose con el ritmo desigual de la cojera, aborda un grupo de tres sujetos marchosos que conversan en el campillo, frente a la negra cancela. Aquel de la bufanda, calzones de odalisca y pedales amarillos, muy pinturero, es el Niño del Melonar. Aquel pomposo pato azul con cresta roja, Curro Cadenas. Y el que dogmatiza con el fagot bajo el carrik y el quepis sobre la oreja, Nelo el Peneque.

PACHEQUÍN

¡Salud, caballeros!

EL PENEQUE

¡Salud, y pesetas!

PACHEQUÍN

De eso hay poco.

EL PENEQUE

Pues son las mejores razones en este mundo.

CURRO

Esas ladronas nunca dejan de andar de por medio. Ellas y las mujeres son nuestra condenación.

EL NIÑO

¿Tú qué dices, Pachequín?

PACHEQUÍN

Aprendo la doctrina.

EL NIÑO

Cultivando a la Tenienta.

CURRO

¡No es mala mujer!

EL PENEQUE

Cartagenera y esposa de militar, pues dicho se está que buen pico, buen garbo y buena pierna.

PACHEQUÍN

En ese respecto, un servidor se declara incompetente.

EL NIÑO

¿Todavía no le has regalado unas ligas a la Tenienta?

PACHEQUÍN

Caballeros, con tanta risa van ustedes a sentir disnea.

EL PENEQUE

No te ofendas, ninche.

PACHEQUÍN

Doña Loreta es una esposa fiel a sus deberes. La amistad que me une con su esposo es la filarmonía. Don Pascual es un fenómeno de los buenos haciendo sonar la guitarra.

EL PENEQUE

¡La mejor guitarra está hoy en el Presidio de Cartagena!

EL NIÑO

¿A quién señalas?

EL PENEQUE

Al Pollo de Triana.

PACHEQUÍN

Don Pascual tiene un estilo parejo.

EL PENEQUE

No le conocía yo esa gracia.

PACHEQUÍN

¡Un coloso!

CURRO

No miente el amigo. A Don Friolera vengo yo tratándole hace muchos años. En la Plaza de Algeciras le he conocido sirviendo en clase de sargento, y tuve ocasión de oírle algunos conciertos.

¡Es una guitarra de las buenas! Entonces Don Friolera estaba tenido por sujeto mirado y servicial, de lo más razonable y decente del Cuerpo de Carabineros.

EL NIÑO

¡Menudo cambiazo el que ha dado! Hoy pone la cucaña en el Pico de Teide.

EL PENEQUE

Pues la mucha familia no le obliga a ese rigor.

EL NIÑO

Es la obra de los galones. Se ha desvanecido. En una pacotilla de cien duros, a lo presente, te pide un quiñón de veinticinco.

PACHEQUÍN

Hoy los duros son pesetas. No están las cosas como hace algunos años.

EL PENEQUE

¡Y todo este desavío nos lo trajo el Kaiser!

CURRO

¡Y aún ha de tardar el arreglo! La España de cabo a cabo hemos de verla como está Barcelona. Y el que honradamente juntó cuatro cuartos, tendrá que suicidarse.

Se alejan haciendo estaciones. Sobre las cuatro figuras en hilera ondula una ráfaga de viento. Anochece. El Teniente, con gestos de maniaco, viene bordeando la tapia, pasa bajo la sombra de los cipreses, y continúa la ronda del cementerio. Bultos negros de mujerucas con rebozos salpican el campillo. El Teniente se cruza con una vieja que le clava los ojos de pajarraco: Pequeña, cetrina, ratonil, va cubierta con un manto de merinillo. Don Friolera siente ei peso de aquella mirada y una súbita iluminación. Se vuelve y atrapa a la beata por el moño.

DON FRIOLERA

¡Doña Tadea, merece usted morir quemada!

DOÑA TADEA

¡Está usted loco!

DON FRIOLERA

¡Quemada por bruja!

DOÑA TADEA

¡No me falte usted!

DON FRIOLERA

¡Usted ha escrito el anónimo!

DOÑA TADEA

¡Respete usted que soy una anciana!

DON FRIOLERA

¡Usted lo ha escrito!

DOÑA TADEA

¡Mentira!

DON FRIOLERA

¿Sabe usted a lo que me refiero?

DOÑA TADEA

No sé nada, ni me importa.

DON FRIOLERA

Va usted a escupir esa lengua de serpiente. ¡Usted me ha robado el sosiego!

DOÑA TADEA

Piense usted si otros no le robaron algo más.

DON FRIOLERA

¡Perra!

DOÑA TADEA

¡Suélteme usted! ¡Ay! ¡Ay!

DON FRIOLERA

¡Bruja! ¡Me ha mordido la mano!

DOÑA TADEA

¡Asesino! Devuélvame el postizo del moño.

DON FRIOLERA

¡Arpía! ¿Por qué has escrito esa infamia?

DOÑA TADEA

¡Se atreve usted con una pobre vieja, y con quien debe atreverse, mucha ceremonia!

DON FRIOLERA

¡Mujer infernal!

DOÑA TADEA

¡Grosero!

DON FRIOLERA

¡Usted ha escrito el papel!

DOÑA TADEA

¡Chiflado!

DON FRIOLERA

¡Pero usted sabe que soy un cabrón!

DOÑA TADEA

Lo sabe el pueblo entero. ¡Suélteme usted! Debe usted sangrarse.

DON FRIOLERA

¡Aborto infernal!

DOÑA TADEA

¡Me da usted lástima!

DON FRIOLERA

¿Con quién me la pega mi mujer?

DOÑA TADEA

Eso le incumbe a usted averiguarlo. Vigile usted.

DON FRIOLERA

¿Y para qué, si no puedo volver a ser feliz?

DOÑA TADEA

Tiene usted una hija, edúquela usted, sin malos ejemplos. Viva usted para ella.

DON FRIOLERA

¿El ladrón de mi honra, es Pachequín?

DOÑA TADEA

¿A qué pregunta, Señor Teniente? Usted puede sorprender el adulterio, si disimula y anda alertado.

DON FRIOLERA

¿Y para qué?

DOÑA TADEA

Para dar a los culpables su merecido.

DON FRIOLERA

¡La muerte!

DOÑA TADEA

¡Virgen Santa!

La vieja gazmoña huye enseñando las canillas. Don Friolera se sienta al pie del negro cancel, y dando un suspiro, a media voz, inicia su monólogo de cornudo.

ESCENA CUARTA

La Costanilla de Santiago el Verde, cuando las estrellas hacen guiños sobre los tejados. Un borracho sale bailando a la puerta del billar de doña Calixta. La última beata vuelve de la novena. Arrebujada en su manto de merinillo, pasa fisgona metiendo el hocico por rejas y puertas. En el claro de luna, el garabato de su sombra tiene reminiscencias de vulpeja. Escurridiza, desaparece bajo los porches y reaparece sobre la banda de luz que vierte la reja de una sala baja y dominguera, alumbrada por quinqué de porcelana azul. Se detiene a espiar. DON FRIOLERA, *sentado ante el velador con tapete de malla, sostiene abierto un álbum de retratos. Se percibe el pueril y cristalino punteado de su caja de música. Don Friolera, en el reflejo amarillo del quinqué, es un fantoche trágico. La beata se acerca, y pega a la reja su perfil de lechuza. El Teniente levanta la cabeza, y los dos se miran un instante.*

DOÑA TADEA

¡Esta tarde me ha dado usted un susto! Podía haberle denunciado.

DON FRIOLERA

¡Antes había recibido una puñalada en el corazón!

DOÑA TADEA

¡Es usted maniático, Señor Teniente!

DON FRIOLERA

Doña Tadea, usted está siempre como una lechuza en la ventana de su guardilla, usted sabe quién entra y sale en cada casa... ¡Doña Tadea maldita, usted ha escrito el anónimo!

DOÑA TADEA

¡Jesús María!

DON FRIOLERA

¡Aún conserva la tinta en las uñas!

DOÑA TADEA

¡Falsario!

DON FRIOLERA

¿Por qué ha encendido usted esta hoguera en mi alma?

DOÑA TADEA

¡Calumniador!

DON FRIOLERA

¡Sólo usted conocía mi deshonra!

DOÑA TADEA

¡Papanatas!

DON FRIOLERA

¡Doña Tadea, merecía usted ser quemada!

DOÑA TADEA

¡Y usted llevar la corona que lleva!

DON FRIOLERA

Yo soy militar y haré un disparate.

DOÑA TADEA

¡Ave María! ¡Por culpa de dos réprobos una tragedia en nuestra calle!

DON FRIOLERA

¡Considere usted el caso!

DOÑA TADEA

¡Porque lo considero, Señor Teniente!

DON FRIOLERA

¡El honor se lava con sangre!

DOÑA TADEA

¡Eso decían antaño!...

DON FRIOLERA

¡Cuando quemaban a las brujas!

DOÑA TADEA

¡Señor Teniente, no tenga usted para mí tan negra entraña!... Pudiera ser que no hubiese fornicio. Usted, guarde a su esposa.

DON FRIOLERA

¿Quién ha escrito el anónimo, Doña Tadea?

DOÑA TADEA

¡Yo sólo sé mis pecados!

La vieja se arrebuja en el manto, desaparece en la sombra de la callejuela, reaparece en el ventano de su guardilla, y bajo la luna, espía con ojos de lechuza. Santiguándose oye el cisma de los malcasados. Don Friolera y Doña Loreta riñen a gritos, baten las puertas, entran y salen con los brazos abiertos. Sobre el velador con tapete de malla, el quinqué de porcelana azul alumbra la sala dominguera. El movimiento de las figuras, aquel entrar y salir con los brazos abiertos, tienen la sugestión de una tragedia de fantoches.

DON FRIOLERA

¡Es inaudito!

DOÑA LORETA

¡Palabrotas, no!

DON FRIOLERA

¡Dejarte cortejar!

DOÑA LORETA

¡Una fineza no es un cortejo!

DON FRIOLERA

¡Has abierto un abismo entre nosotros! ¡Un abismo de los llamados insondables!

DOÑA LORETA

¡Farolón!

DON FRIOLERA

¡Estas buscando que te mate, Loreta! ¡Que lave mi honor con tu sangre!

DOÑA LORETA

¡Hazlo! ¡Solamente por verte subir al patíbulo lo estoy deseando!

DON FRIOLERA

¡Disipada!

DOÑA LORETA

¡Verdugo!

Don Friolera blande un pistolón. Doña Loreta, con los brazos en aspa y el moño colgando, sale de la casa dando gritos. Don Friolera la persigue, y en el umbral de la puerta, al pisar la calle, la sujeta por los pelos.

DON FRIOLERA

¡Vas a morir!

DOÑA LORETA

¡Asesino!

DON FRIOLERA

¡Encomiéndate a Dios!

DOÑA LORETA

¡Criminal! ¡Que con las armas de fuego no hay bromas!

Ábrese repentinamente la ventana del barbero, y éste asoma en jubón de franela amarilla, el pescuezo todo nuez.

PACHEQUÍN

¡Va el pueblo a consentir este mal trato! Si otro no se interpone, yo me interpongo, porque la mata.

Empuñando un estoque de bastón, salta a la calle, y con su zanco desigual se dirige a la casa de la tragedia.

DON FRIOLERA

¡Traidor! Te alojaré una bala en la cabeza.

PACHEQUÍN

¡Verdugo de su señora, que no se la merece!

DON FRIOLERA

¡Ladrón de mi honor!

PACHEQUÍN

¡A las mujeres se las respeta!

DON FRIOLERA

¡No admito lecciones!

DOÑA LORETA

¡Pascualín!

DON FRIOLERA

¡Pascual! ¡Para la esposa adúltera, Pascual!

DOÑA LORETA

¡No te ofusques!

DON FRIOLERA

¡Os mataré a los dos!

DOÑA LORETA

¡No des una campanada, Pascual!

DON FRIOLERA

¡Pido cuentas de mi honor!

DOÑA LORETA

¡Pascualín!

DON FRIOLERA

¡Exijo que me llames Pascual!

PACHEQUÍN

¡No lleva usted razón, mi Teniente!

DON FRIOLERA

¡Falso amigo, esa mujer debiera ser sagrada para ti!

PACHEQUÍN

¡Así la he considerado siempre!

DON FRIOLERA

¿Loreta, quién te dio esa flor que llevas en el rodete?

DOÑA LORETA

Una fineza.

PACHEQUÍN

No vea usted en ello mala intención, mi Teniente.

DOÑA LORETA

¡Pascualín!

DON FRIOLERA

¡Pascual! ¡Para ti ya no soy Pascualín!

DOÑA LORETA

¡Rechazas un mimo, ya no me quieres!

DON FRIOLERA

¡No puedo quererte!

PACHEQUÍN

Perdone que se lo diga, pero no merece usted la perla que tiene, mi Teniente.

DON FRIOLERA

Con vuestra sangre lavaré mi honra. Vais a morir los dos.

PACHEQUÍN

Mi Teniente, oiga razones.

DOÑA LORETA

¡Ciego! ¿No ves resplandecer nuestra inocencia?

DON FRIOLERA

¡Encomiéndense ustedes a Dios!

PACHEQUÍN

¿Doña Loreta, qué hacemos?

DOÑA LORETA

¡Rezar, Pachequín!

PACHEQUÍN

¿Vamos a dejar que nos mate como perros? ¡Doña Loreta, no puede ser!

DOÑA LORETA

¡Pachequín, tenga usted esta flor, culpa de los celos de mi esposo!

Doña Loreta, con ademán trágico, se desprende el clavel que baila al extremo del moño colgante. Pachequín alarga la mano. Don Friolera se interpone, arrebata la flor y la pisotea. La tarasca cae de rodillas, abre los brazos y ofrece el pecho a las furias del pistolón.

DOÑA LORETA

¡Mátame! ¡Moriré inocente!

DON FRIOLERA

¡Morirás cuando yo lo ordene!

Una niña, como moña de feria, descalza, en camisa, con el pelo suelto, aparece dando gritos en la reja.

LA NIÑA

¡Papito! ¡Papín!

DOÑA LORETA

¡Hija mía, acabas de perder a tu madre!

Don Friolera arroja el pistolón, se oprime las sienes, y arrebatado entra en la casa, cerrando la puerta. Se le ve aparecer en la reja, tomar en brazos a la niña y besarla llorando, ridículo y viejo.

DON FRIOLERA

¡Manolita, pon un bálsamo en el corazón de tu papá!

Doña Loreta, caída sobre las rodillas, golpea la puerta, grita sofocada, se araña y se mesa.

DOÑA LORETA

¡Pascual, mira lo que haces! ¡Limpia estoy de toda culpa! ¡En adelante, quizá no pueda decirlo, pues me abandonas, y la mujer abandonada, santa ha de ser para no escuchar al Diablo! ¡Ábreme la puerta, mal hombre!... ¡Dame tu ayuda, Reina y Madre!

La tarasca bate con la frente en la puerta y se desmaya. Pachequín mira de reojo al fondo de la sala silenciosa, y acude a tenerla. La tarasca suspira transportada.

DOÑA LORETA

¡Peso mucho!

PACHEQUÍN

¡No importa! Mientras no pasa este nublado, acepte usted el abrigo de mis tejas.

Se abren algunas ventanas, y asoman en retablo figuras en camisa, con un gesto escandalizado. Pachequín se vuelve y hace un corte de mangas.

PACHEQUÍN

¡El mundo me la da, pues yo la tomo, como dice el eminente Echegaray!

DOÑA TADEA

¡Piedra de escándalo!

ESCENA QUINTA

La alcoba del barbero. Pegada a la pared, la cama angosta y hopada, con una colcha vistosa de pájaros y ramajes, un paraíso portugués. Tras de la puerta, la capa y la gorra colgadas con la guitarra, fingen un bulto viviente. Por el ventano abierto penetra, con el claro de luna, el ventalle silencioso y nocturno de un huerto de luceros. Y la brisa y la luna parecen conducir un diálogo entre el vestiglo de la puerta y el pelele, que abre la cruz de los brazos sobre la copa negra de una higuera, en la redoma azul del huerto. Entra el galán con la raptada, encendida, pomposa y con suspiros de soponcio. La luna infla los carrillos en la ventana.

DOÑA LORETA

¡Demonio tentador, adónde me conduces?

PACHEQUÍN

¡A tu casa, prenda!

DOÑA LORETA

¡Buscas la perdición de los dos! ¡Tú eres un falso! ¡Déjame volver honrada al lado de mi esposo! ¡Demonio tentador, no te interpongas!

PACHEQUÍN

¿Ya no soy nada para ti, mujer fatal? ¿Ya no dicto ninguna palabra a tu corazón? ¡Juntos hemos arrostrado la sentencia de ese hombre bárbaro que no te merece!

DOÑA LORETA

Yo lo elegí libremente.

PACHEQUÍN

¡Estabas ofuscada!

DOÑA LORETA

¿Y ahora no es ofuscación dejar mi casa, dejar un ser nacido de mis entrañas? ¡Considera que soy esposa y madre!

PACHEQUÍN

¡Todo lo considero!... ¡Y también que tu vida peligra al lado de ese hombre celoso!

DOÑA LORETA

¡No me ciegues y ábreme la puerta!

PACHEQUÍN

¿Olvidas que una misma bala pudo matarnos?

DOÑA LORETA

¡No me ciegues! ¡Ten un buen proceder, y ábreme la puerta!

PACHEQUÍN

¿Olvidas que nuestra sangre estuvo a pique de correr emparejada?

DOÑA LORETA

¡No me ciegues!

PACHEQUÍN

¿Olvidas que ese hombre bárbaro, a los dos nos tuvo encañonados con su pistola? ¿Qué mayor lazo para enlazar corazones?

DOÑA LORETA

¡No pretendo romperlo! ¡Pero déjame volver al lado de mi hija, que estoy en el mundo para mirar por ella!

PACHEQUÍN

¿Y para nada más?

DOÑA LORETA

¡Y para quererte, demonio tentador!

PACHEQUÍN

¿Por qué entonces huyes de mi lado?

DOÑA LORETA

¡Porque me das miedo!

PACHEQUÍN

¡No paso a creerlo! ¡Tú buscas verme desesperado!

DOÑA LORETA

¡Calla, traidor!

PACHEQUÍN

Si me amases, estarías recogida en mis brazos, como una paloma.

DOÑA LORETA

¿Por qué así me hablas, cuando sabes que soy tuya?

PACHEQUÍN

¡Aún no lo has sido!

DOÑA LORETA

Lo seré y te cansarás de tenerme, pero ahora no me pidas cosa ninguna.

PACHEQUÍN

Me pondré de rodillas.

DOÑA LORETA

¡Pachequín, respétame! ¡Yo soy una romántica!

PACHEQUÍN

En ese achaque no me superas. Cuando te contemplo, amor mío, me entra como éxtasis.

DOÑA LORETA

¡Qué noche de luceros!

PACHEQUÍN

¡La propia para un idilio!

DOÑA LORETA

¡Dame una prueba de amor puro!

PACHEQUÍN

¡La que me pidas!

DOÑA LORETA

¡Permite que me vaya! ¡Ten un noble proceder y ábreme la puerta!

PACHEQUÍN

¡Franca la tienes!

DOÑA LORETA

¡Adiós, Juanito!

PACHEQUÍN

¡Adiós, Loreta!

DOÑA LORETA

¿No quiere usted mirarme?

PACHEQUÍN

¡No puedo! ¡Temo perder el juicio y olvidarme de que soy un caballero! ¡Ahí son nada tus miradas, Loreta!

DOÑA LORETA

¡Es de rosas y espinas nuestra cadena!

PACHEQUÍN

¡Tú la rompes!

DOÑA LORETA

¡No me ciegues!

PACHEQUÍN

¿Adónde vas? Cortemos, Loreta, ese nudo gordiano.

DOÑA LORETA

¡Soy esposa y madre!

PACHEQUÍN

Temo que te asesine ese hombre.

DOÑA LORETA

Siempre la inocencia resplandece.

PACHEQUÍN

Pudiera no querer darte acogida. En tal caso, prométeme ser mía.

DOÑA LORETA

¡Tuya, hasta la muerte!

PACHEQUÍN

Te acompañaré para prevenir un arrebato de ese hombre demente.

DOÑA LORETA

¡No expongas la vida por mí!...

PACHEQUÍN

Es deber que tengo.

Pachequín, muy jaque, se pone la gorra en la oreja y empuña el estoque. La tarasca sale delante con el pañuelo en los ojos. Sobre la copa negra de la higuera se espatarra el pelele en un círculo de luceros.

ESCENA SEXTA

En la sala dominguera, sobre el velador con tapete de ganchillo, el quinqué de porcelana azul ilumina el álbum de retratos. Pasa por la pared, gesticulante, la sombra de DON FRIOLERA. *Un ratón, a la boca de su agujero, arruga el hocico y curiosea la vitola de aquel adefesio con gorrilla de cuartel, babuchas moras, bragas azules de un uniforme viejo, y rayado chaleco de Bayona. El quinqué de porcelana translúcida tiene un temblor enclenque.*

DON FRIOLERA

¡Pim! ¡Pam! ¡Pum!... ¡No me tiembla a mí la mano! Hecha justicia, me presento a mi Coronel: «Mi Coronel, ¿cómo se lava la honra?» Ya sé su respuesta. ¡Pim! ¡Pam! ¡Pum! ¡Listos! En el honor no puede haber nubes. Me presento voluntario a cumplir condena. ¡Mi Coronel, soy otro Teniente Capriles! Eran culpables, no soy un asesino. Si me corresponde pena de ser fusilado, pido gracia para mandar el fuego: ¡Muchachos, firmes y a la cabeza! ¡Adiós, mis queridos compañeros! Tenéis esposas honradas, y debéis estimarlas. ¡No consintáis nunca el adulterio en el Cuerpo de Carabineros!

¡Friolera! ¡Eran culpables! ¡Pagaron con su sangre! ¡No soy un asesino!

Rechina la puerta y en el umbral aparece Doña Loreta. Tras ella, en la sombra del pasillo, se apunta la figura del barbero con el quepis sobre una ceja y la capa acandilada por el estoque. Doña Loreta cae de rodillas juntando las manos.

DOÑA LORETA

¡Pascual!

DON FRIOLERA

¿Conoces tu sentencia?

DOÑA LORETA

Pascualín, si dudas de mi inocencia, si me repudias de esposa, que sea de una manera decente y sin escándalo.

DON FRIOLERA

En España, la mujer que falta, tiene pena de la vida.

DOÑA LORETA

Pascual, nunca tu esposa dejó de guardarte la debida fidelidad.

DON FRIOLERA

¡Pruebas! ¡Pruebas!

DOÑA LORETA

¡También yo las pido, Pascual!

DON FRIOLERA

¡Loreta, es preciso que resplandezca tu inocencia!

DOÑA LORETA

Como el propio sol resplandece. ¿Quién me acusa? ¡Un hombre bárbaro! ¡Un celoso demente!

¡Un turco sanguinario! ¡Mátame, pero no me calumnies!

DON FRIOLERA

¿De dónde vienes? ¿Y ese hombre por qué te acompaña?

PACHEQUÍN

Para testificar que tiene usted una perla por esposa. ¡Una heroína!

DON FRIOLERA

¡Pruebas! ¡Pruebas!

PACHEQUÍN

¿No le satisface a usted el hecho de que un servidor se constituya en su domicilio para hacerle entrega de su señora?

DOÑA LORETA

¿Qué respondes?

PACHEQUÍN

Déjele usted que lo medite, Doña Loreta.

DOÑA LORETA

Ten un impulso generoso, Pascualín.

PACHEQUÍN

Comprenda usted, mi Teniente, la razón de las cosas.

DON FRIOLERA

Pachequín, sal de esta casa. No puedo soportar tu presencia. Te concedo un plazo de cinco minutos.

PACHEQUÍN

¡Mi Teniente, es usted un dramático sempiterno!

DON FRIOLERA

Pachequín, dudo si eres un cínico o el primer caballero de España.

PACHEQUÍN

Soy un romántico, mi Teniente.

DON FRIOLERA

Yo también, y te propongo un duelo a dos pasos en el cementerio.

DOÑA LORETA

¿Vuelves a tus dudas?

DON FRIOLERA

Llámales garfios infernales.

PACHEQUÍN

Yo me retiro.

DON FRIOLERA

¡El demonio te lleve!

DOÑA LORETA

¡Qué proceder el de ese amigo, Pascual!

DON FRIOLERA

¡No me subleves!

DOÑA LORETA

¡Rencoroso!

DON FRIOLERA

¡Es inaudito!

DOÑA LORETA

¡Palabrotas, no, Pascual! ¡Eres un soldadote y no me respetas!

DON FRIOLERA

Me avistaré con ese hombre y le propondré un arreglo a tiros. Es la solución más honrosa.

DOÑA LORETA

¡Y si te mata!

DON FRIOLERA

Te quedas viuda y libre.

DOÑA LORETA

Pascual, esas palabras son puñales que me traspasan. Pascual, yo jamás consentiré que expongas tu vida por una demencia.

DON FRIOLERA

No sé cómo podrás impedirlo.

DOÑA LORETA

¡Me tomaré una pastilla de sublimado!

DON FRIOLERA

El sublimado de las boticas no mata.

DOÑA LORETA

¡Una caja de cerillas!

DON FRIOLERA

Serán inútiles todos tus histerismos.

DOÑA LORETA

¿Sigues de mala data para mí, Pascual? ¡Necesitas reposo!

DON FRIOLERA

¡Déjame!

DOÑA LORETA

¡Pascual, tendremos que divorciarnos si persistes en tus dudas! Estás haciendo de mí la Esposa Mártir.

DON FRIOLERA

¡Quieres la libertad para volver al lado de ese hombre! Nos divorciaremos, pero entrarás en un convento de arrepentidas.

DOÑA LORETA

¡Tirano!

DON FRIOLERA

¡Has destruido mi vida!

DOÑA LORETA

Pascual, ¿por qué me haces desgraciada? Recógete, Pascual. Procura conciliar el sueño.

DON FRIOLERA

El sueño huyó de mis párpados.

DOÑA LORETA

¡Pascual, ten juicio!

DON FRIOLERA

¡Mi vida está acabada!

DOÑA LORETA

Pascual, tienes una hija, me tienes a mí...

DON FRIOLERA

¡Loreta, me has hecho dudar de todo!

DOÑA LORETA

Pascual, no seas injusto.

DON FRIOLERA

¡Quisiera serlo!

Doña Loreta, desgarrado el gesto, temblona y rebotada el anca, flojo el corsé, sueltas las jaretas de las enaguas, sale corretona, y reaparece con una botella de anisete escarchado.

DOÑA LORETA

¡Vaya, esto se acabó! Pascual, vamos a beber una copa juntos. Es el regalo de Curro Cadenas.

DON FRIOLERA

Yo no bebo.

DOÑA LORETA

Bebes, y vas a emborracharte conmigo.

DON FRIOLERA

¡Contigo, jamás! ¡Te aborrezco!

DOÑA LORETA

Pues te emborrachas solo.

DON FRIOLERA

¿Para olvidar?

DOÑA LORETA

Naturaca. ¡Bebe!

DON FRIOLERA

¡No bebo!

DOÑA LORETA

¡Te lo vierto por la cabeza!

DON FRIOLERA

¡Espera!

El Teniente recibe la copa con mano temblona, y al apurarla, derrama un hilo de la mosca a la nuez.

DOÑA LORETA

¡Otra!

DON FRIOLERA

¿Intentas embriagarme?

DOÑA LORETA

Te hará bien.

DON FRIOLERA

Rechazo ese expediente.

DOÑA LORETA

¡Otra, digo!

DON FRIOLERA

¡Si con esto olvidase!

DOÑA LORETA

A lo menos te dormirás y descansaremos.

DON FRIOLERA

No me dormiré. ¡No puedo!

DOÑA LORETA

¡Bebe!

DON FRIOLERA

¿Cuántas van?

DOÑA LORETA

¡No lo sé, bebe!

DON FRIOLERA

¿Quién está oculto en aquella puerta?

DOÑA LORETA

¡El gato!

DON FRIOLERA

¿Cuántas van?

DOÑA LORETA

¡Bebe!

DON FRIOLERA

Enciende una cerilla, Loreta. ¿Quién está oculto en aquella puerta? ¡No te escondas, miserable!

DOÑA LORETA

¡Bebe!

DON FRIOLERA

¡Es Pachequín! ¡Loreta, pon una sartén a la lumbre! ¡Vas a freírme los hígados de ese pendejo!

DOÑA LORETA

¡No me asustes, Pascual!

DON FRIOLERA

¡Y no tendrás más remedio que probar una tajada!

DOÑA LORETA

¡Ya la cogiste!

DON FRIOLERA

¡Ese Pachequín es un busca pendencias! ¿A qué fue ponerse tan gallo? ¿Duermes, Loreta? Responde. ¿Duermes?

DOÑA LORETA

Duermo.

DON FRIOLERA

Tú, con tu actitud, le diste alas. Responde, Loreta.

DOÑA LORETA

Me he quedado sorda de un aire.

DON FRIOLERA

¡Impúdica!

DOÑA LORETA

¡Mierda!

Doña Loreta toma el quinqué, y dejando la sala a oscuras, se mete por la puerta de escape pintada de azul, recogidas sobre una cadera las sueltas enaguas.

DON FRIOLERA

Si tú ocupas la cama matrimonial, yo dormiré en la esterilla.

DOÑA LORETA

¡Duerme debajo de la escalera, como San Alejo!

DON FRIOLERA

¡Loretita! Donde hay amor, hay celos. No te enojes, pichona, con tu pichón. ¿Duermes, Loretita?

ESCENA SEPTIMA

El billar de DOÑA CALIXTA: *Sala baja con pinturas absurdas, de un sentimiento popular y dramático. Contrabandistas de trabuco y manta jerezana; manolas de bolero y calañés, con ojos asesinos; picadores y toros, alaridos del rojo y del amarillo. Curro Cadenas toma café en la mesa más cercana al mostrador, y conversa con la dueña, que sobre un fondo de botillería destaca su busto propincuo, de cuarentona.*

DOÑA CALIXTA

¿Currillo, ha oído usted esa voz de que expulsan de la milicia a Don Friolera?

CURRO

Usted siempre estará mejor enterada, Doña Calixta.

DOÑA CALIXTA

Pues no lo estoy.

CURRO

Como tiene usted de huésped al Teniente Rovirosa.

DOÑA CALIXTA

Ese señor, para guardar un secreto, es la rúbrica de un escribano.

CURRO

¿No están reunidos en el piso de arriba los tres Tenientes?

DOÑA CALIXTA

Con dos barajas.

CURRO

De ahí saldrá la bomba.

DOÑA CALIXTA

Sentiré la desgracia de Don Friolera. ¡Era un sujeto muy decente!

CURRO

Había dado un cambiazo.

DOÑA CALIXTA

Otro vendrá que le haga bueno.

CURRO

En general, la clase de oficiales es decente. El mal está en los altos espacios. ¡Allí no entienden si no es por miles de pesetas! ¡La parranda de los guarismos es aquello!

DOÑA CALIXTA

¡Si usted no pisa por esos suelos alfombrados!

CURRO

¡Qué sabe usted los palacios donde yo entro! Un servidor ha dejado por las alturas más pápiros que tiene el Banco de España.

DOÑA CALIXTA

Currillo, es usted un telescopio contando.

CURRO

Tómelo usted a guasa.

DOÑA CALIXTA

¿Tiene usted fábrica de moneda?

CURRO

¡Así es! El Gobierno me ha concedido el monopolio de los duros sevillanos.

DOÑA CALIXTA

¡Para hacerse rico!

CURRO

No tanto. La flor del negocio se la llevan las acciones liberadas.

DOÑA CALIXTA

¡Guasista! Cállese un momento. ¡Arriba hablan recio!

CURRO

Me parece que disputan por una jugada.

El Teniente Don Friolera, escoltado por un perrillo con borla en la punta del rabo, entra en la sala de los billares. Zancudo, amarillento y flaco, se llega al mostrador, bordeando las grandes mesas verdes, y saluda, alzada la mano a la visera del ros.

DON FRIOLERA

Doña Calixta, una copa de aguardiente, que no voy a pagar.

DOÑA CALIXTA

Tiene usted crédito.

DON FRIOLERA

Salí de casa sin tabaco y sin numerario. Tuvimos una nube en el matrimonio, y no he querido pedirle a mi señora la llave de la gaveta.

CURRO

Doña Calixta, si aquí me autoriza, esta copa la paga un servidor.

DON FRIOLERA

Currillo, no te subas a la gavia, pero ésta prefiero debérsela a Doña Calixta.

CURRO

Con lo cual quiere decirse que tomará usted otra, mi Teniente.

DON FRIOLERA

¡Bueno!

Con gesto confidencial, se aparta al fondo de una ventana, y hace señas al otro para que le siga. Curro Cadenas toma una expresión de sorna.

DON FRIOLERA

¡Mira, hijo, bebo para sacarme un clavo del pensamiento!

CURRO

¡Ni una palabra más!

DON FRIOLERA

¿Tú me comprendes?

CURRO

¡Totalmente!

DON FRIOLERA

¡Tengo el corazón lacerado! ¡Mi mujer me ha salido rana!

CURRO

¡Siento la ocurrencia!

DON FRIOLERA

¿Ya lo sabías, verdad?

CURRO

Andaba ese runrún. Fúmese usted ese tabaco, mi Teniente.

DON FRIOLERA

Estoy en ayunas, y puede marearme. ¡Engañado por el amigo y por la depositaria de mi honor!

CURRO

La vida está llena de esos casos. ¡Hay que tener otra conformidad, mi Teniente!

DON FRIOLERA

¿Para qué nacemos?

CURRO

Para rabiar. Somos las consecuencias de los buenos ratos habidos entre nuestros padres. ¿No se fuma usted el veguero?

DON FRIOLERA

Dame una cerilla. ¡Gracias! Mira cómo me tiembla la mano.

CURRO

Eso son nervios.

DON FRIOLERA

¡Es el fruto del puñal que llevo en el corazón!

CURRO

Mi Teniente, ande usted con pupila, que los señores oficiales están reunidos en el piso alto.

DON FRIOLERA

Desprecio el vil metal, hijo mío. ¡Ya sabes que nunca he sido interesado! Déjalos a ellos que prevariquen, sin acordarse de este veterano.

CURRO

A lo que se mienta, no va por ahí el motivo de esa reunión.

DON FRIOLERA

¡A mí, plin! Tengo el corazón lacerado.

CURRO

De esa reunión pudiera salir para usted una novedad nada buena. Mi Teniente, se corre que le forman a usted Tribunal.

DON FRIOLERA

¡Friolera! ¿Que me forman Tribunal? ¿Y por qué?

CURRO

¡Me extraña verle tan ciego! Parece que por sus pleitos familiares.

DON FRIOLERA

En ellos, solamente yo puedo ser juez.

CURRO

Así debía ser. Una pregunta, mi Teniente.

DON FRIOLERA

Venga.

CURRO

¿De tener que solicitar el retiro, cambiaría usted de residencia?

DON FRIOLERA

No lo he pensado.

CURRO

Le debo a usted una explicación, Don Pascual. La casa que usted habita, a mi señora le hace tilín. ¡Es una jaula muy alegre!

DON FRIOLERA

¡Maldita sea!

Don Friolera apura la copa servida en el mostrador, se encasqueta el ros, y con las manos metidas en los bolsillos del capote sale a la calle, sil-

bando al perrillo que le sigue, moviendo la borla del rabo.

DOÑA CALIXTA

Parece mochales.

CURRO

Completamente.

DOÑA CALIXTA

Siento su desgracia. Era un apreciable sujeto.

CURRO

Un viva la Virgen.

DOÑA CALIXTA

Doña Loreta merecía ser emplumada.

Curro Cadenas se acerca al mostrador y pomposo deja caer un machacante haciéndolo saltar. Espera la vuelta dando lumbre a un habano, y bajo el reflejo de la cerilla, su cara es luna llena. Recibido el dinero, se lo guarda con un guiño.

CURRO

Doña Calixta, tengo en cierto lugar una pacotilla de género inglés, y cornea sobre esa querencia un toro marrajo. Doña Calixta, usted podría muletearlo.

DOÑA CALIXTA

No me penetro.

CURRO

En cuanto le apunte el nombre, está usted más que penetrada.

DOÑA CALIXTA

Acaso.

CURRO

Yo sabría corresponder...

DOÑA CALIXTA

Puede.

CURRO

No se ponga usted enigmática, Doña Calixta.

DOÑA CALIXTA

¡Currillo, usted anda en muy malos pasos!

CURRO

Hay que ganarse el manró, y todos nos debemos ayuda mutua, Doña Calixta. Nosotros, los que con sudores y trabajos hemos sabido juntar unas pesetas, habíamos de sindicarnos como hace el proletariado.

DOÑA CALIXTA

¡Currillo, el buey suelto bien se lame!

CURRO

Doña Calixta, hoy todo está cambiado, y hasta son mentira los refranes. Vea usted cómo el obrero se conchaba para subir los jornales. ¡Qué va! Hasta el propio Gobierno se conchaba para sacarnos los cuartos en contribuciones y Aduanas.

DOÑA CALIXTA

Esas no son novedades.

CURRO

¿Doña Calixta, quiere usted que hablemos sin macaneos?

DOÑA CALIXTA

Yo bailo al son que me tocan.

CURRO

Pues oído al repique: Hay a la vista un negocio, si usted camela al Teniente Rovirosa. ¿Hace?

DOÑA CALIXTA

Apenas llevamos trato. Buenos días. Buenas noches. El, arriba o en sus guardias. Yo, aquí. La cuenta a fin de mes. Viene usted mal informado, Currillo.

CURRO

Otra cosa me habían contado.

DOÑA CALIXTA

Hay lenguas muy embusteras.

CURRO

No ha sido en desdoro, Doña Calixta.

DOÑA CALIXTA

¿Qué le habían contado?

CURRO

Que el Teniente es hombre de gusto.

DOÑA CALIXTA

¡Y que me deshace la cama!

CURRO

No, señora. Que usted le da achares.

DOÑA CALIXTA

Menos mal.

CURRO

Y lo he creído, porque usted es muy inhumana.

DOÑA CALIXTA

¿Me juzgaba usted otra Doña Loreta?

CURRO

Nunca sería el mismo caso. Usted es libre, Doña Calixta.

DOÑA CALIXTA

Nunca se es libre para pecar.

CURRO

Hacer hijos no es pecado.

DOÑA CALIXTA

¿Y quién los mantiene?

CURRO

El Erario Público.

DOÑA CALIXTA

Eso será en las Repúblicas.

CURRO

En toda la Europa. Y por las señales, a pesar del oscurantismo, no tardará en España.

DOÑA CALIXTA

Aquí no estamos para esas modas de extranjis.

CURRO

Por de pronto, ya le han dado mulé a Dato.

DOÑA CALIXTA

Unos asesinos.

CURRO

Conforme. Mis ideas también son antirrevolucionarias. El que tiene un negocio y cuatro patacones, no puede ser un ácrata. Pero se guipa alguna cosa, y comprendo que el orden social se tambalea. Doña Calixta, los negocios están muy malos. Ahora hablan de suprimir las Aduanas, y a nosotros es matarnos. Si todos los artículos entran libremente, se acabó el contrabando. ¿Qué hace usted? Poner una bomba.

DOÑA CALIXTA

¡Yo, no!

CURRO

Porque usted ya se apaña retirada del matuteo.

DOÑA CALIXTA

¡A Dios gracias!

CURRO

Acuérdese usted de cuando andaba en estos trotes, y saque un ánima del Purgatorio.

DOÑA CALIXTA

Le rezaré un rosario.

CURRO

¿Quiere usted cegar a su alojado con dos veraguas?

DOÑA CALIXTA

¿Dos veraguas son cuarenta machacantes?

CURRO

Propiamente.

DOÑA CALIXTA

¡Me los tira a la cara! ¡Ni que fuera un pelanas! Llegue usted a la corrida completa.

CURRO

No da el negocio para tanto.

DOÑA CALIXTA

¡Miau!

Reaparece Don Friolera, el aire distraído, los ojos tristes, gesto y visaje de maniático. Entra furtivo, y se sienta en un rincón. El perrillo salta sobre el mugriento terciopelo del diván y se aco-

moda a su lado. Acude Barallocas, el mozo del cafetín.

BARALLOCAS

¿Desea usted algo?

DON FRIOLERA

¡Un veneno!

Barallocas, con gesto conciliador, pone sobre la mesa un servicio de café, y con la punta de la servilleta ahuyenta al perrillo del refugio del diván. Se pega en el labio la colilla que lleva en la oreja, enciende, humea y ocupa el puesto del perrillo, al lado de Don Friolera.

BARALLOCAS

¡Hay que ser filósofo!

DON FRIOLERA

¡Pues yo no lo soy!

BARALLOCAS

¡Mal hecho! En España vivimos muy atrasados. Somos víctimas del clero. No se inculca la filosofía en los matrimonios, como se hace en otros países.

DON FRIOLERA

¿Te refieres a la ley del divorcio?

BARALLOCAS

¡Ya nos hemos entendido!

Barallocas guiña un ojo, y se levanta para acudir a la mesa donde acaban de sentarse el Niño del Melonar, Curro Cadenas y Nelo el Peneque. El perrillo recobra de un salto su puesto en el diván, y sacude el terciopelo con la borla del rabo.

ESCENA OCTAVA

Una sala con miradores que avistan a la marina. Sobre la consola, grandes caracoles sonoros y conchas perleras. El espejo, bajo un tul. En las paredes, papel con quioscos de mandarines, escalinatas y esquifes, lagos azules entre adormideras. La sierpe de un acordeón, al pie de la consola. En la cristalera del mirador, toman café y discuten tres señores oficiales: Levitines azules, pantalones potrosos, calvas lucientes, un feliz aspecto de relojeros. Conduce la discusión Don LAURO ROVIROSA, *que tiene un ojo de cristal, y cuando habla, solamente mueve un lado de la cara. Es Teniente veterano graduado de Capitán. Los otros dos, muy diversos de aspecto entre sí, son, sin embargo, de un parecido obsesionante, como acontece con esas parejas matrimoniales, de viejos un poco ridículos. Don* GABINO CAMPERO, *filarmónico y orondo, está en el grupo de los gatos. Don* MATEO CARDONA, *con sus ojos saltones y su boca de oreja a oreja, en el de las ranas.*

EL TENIENTE ROVIROSA

Para formar juicio, hay que fiscalizar los hechos. Se trata de condenar a un compañero de armas, a un hermano, que podríamos decir. Acaso nos veamos en la obligación de formular una sentencia dura, pero justa. Comienzo por advertir a mis queridos compañeros que, en puntos de honor, me pronuncio contra todos los sentimentalismos.

EL TENIENTE CAMPERO

¡En absoluto conforme! Pero, a mi ver, deseo constatar que la justicia no excluye la clemencia.

EL TENIENTE CARDONA

Hay que obligarle a pedir la absoluta. El Ejército no quiere cabrones.

EL TENIENTE ROVIROSA

¡Evidente!

Don Lauro rubrica con un gesto tan terrible, que se le salta el ojo de cristal. De un zarpazo lo recoge rodante y trompicante en el mármol del velador, y se lo incrusta en la órbita.

EL TENIENTE CARDONA

Se trata del honor de todos los oficiales, puesto en entredicho por un Teniente cuchara.

EL TENIENTE CAMPERO

¡Protesto! El cuartel es tan escuela de pundonor como las Academias. Yo procedo de la clase de tropa, y no toleraría que mi señora me adornase la frente. Se habla, sin recordar que las mejores cabezas militares siempre han salido de la clase de tropa: ¡Prim, pistolo! ¡Napoleón, pistolo!...

EL TENIENTE CARDONA

¡Sooo! Napoleón era procedente de la Academia de Artillería.

EL TENIENTE CAMPERO

¡Puede ser! Pero el General Morillo, que le dio en la cresta, procedía de la clase de tropa y había sido mozo en un molino.

EL TENIENTE ROVIROSA

¡Como el Rey de Nápoles, el famoso General Murat!

EL TENIENTE CAMPERO

Tengo leído alguna cosa de ese General. ¡Un tío muy bragado! ¡Napoleón le tenía miedo!

EL TENIENTE CARDONA

¡Tanto como eso, Teniente Campero! ¡Miedo el Ogro de Córcega!

EL TENIENTE CAMPERO

Viene en la Historia.

EL TENIENTE CARDONA

No la he leído.

EL TENIENTE ROVIROSA

A mí, personalmente, los franceses me empalagan.

EL TENIENTE CARDONA

Demasiados cumplimientos.

EL TENIENTE ROVIROSA

Pero hay que reconocerles valentía. ¡Por algo son latinos, como nosotros!

EL TENIENTE CARDONA

Desde que hay mundo, los españoles les hemos pegado siempre a los gabachos.

EL TENIENTE ROVIROSA

¡Y es natural! ¡Y se explica! ¡Y se comprende perfectamente! Nosotros somos moros y latinos. Los primeros soldados, según Lord Wellington. ¡Un inglés!

EL TENIENTE CAMPERO

A mi parecer, lo que más tenemos es sangre mora. Se ve en los ataques a la bayoneta.

El Teniente Don Lauro Rovirosa alza y baja una ceja, la mano puesta sobre el ojo de cristal por si ocurre que se le antoje dispararse.

EL TENIENTE ROVIROSA

¡Evidente! Somos muchas sangres, pero prepondera la africana. Siempre nos han mirado con envidia otros pueblos, y hemos tenido lluvia de invasores. Pero todos, al cabo de llevar algún tiempo viviendo bajo este hermoso sol, acabaron por hacerse españoles.

EL TENIENTE CARDONA

Lo que está ocurriendo actualmente con los ingleses de Gibraltar.

EL TENIENTE CAMPERO

Y en Marruecos. Allí no se oye hablar más que árabe y español.

EL TENIENTE CARDONA

¿Tagalo, no?

EL TENIENTE CAMPERO

Algún moro del interior. Español es lo más que allí se habla.

EL TENIENTE CARDONA

Yo había aprendido alguna cosa de tagalo en Joló. Ya lo llevo olvidado: *Tanbú,* que quiere decir puta. *Nital budila:* Hijo de mala madre. *Bede tuki pan pan bata:* ¡Voy a romperte los cuernos!

EL TENIENTE ROVIROSA

¡Al parecer, posee usted a la perfección el tagalo!

EL TENIENTE CARDONA

¡Lo más indispensable para la vida!

EL TENIENTE ROVIROSA

¡Evidente! A mí se me ha olvidado lo poco que sabía, e hice toda la campaña en Mindanao.

EL TENIENTE CARDONA

Yo he pasado cinco años en Joló. ¡Los mejores de mi vida!

EL TENIENTE ROVIROSA

No todos podemos decir lo mismo. Ultramar ha sido negocio para los altos mandos y para los sargentos de oficinas... Mindanao tiene para mí mal recuerdo: Enviudé, y he perdido el ojo derecho de la picadura de un mosquito.

EL TENIENTE CARDONA

La Isla de Joló ha sido para mí un paraíso. Cinco años sin un mal dolor de cabeza y sin reservarme de comer, beber y lo que cuelga.

EL TENIENTE CAMPERO

¡Las batas de quince años son muy aceptables!

EL TENIENTE CARDONA

¡De primera! Yo las daba un baño, les ponía una camisa de nipis, y como si fuesen princesas.

Su risa estremece los cristales del mirador, la ceniza del cigarro le vuela sobre las barbas, la panza se infla con regocijo saturnal. Bailan en el velador las tazas del café, salta el canario en la jaula y se sujeta su ojo de cristal el Teniente Don Lauro Rovirosa.

EL TENIENTE CAMPERO

¡Qué tío sibarita!

EL TENIENTE CARDONA

¡Aún de alegría me crispo al recordar su tesoro!

EL TENIENTE ROVIROSA

Permítanme ustedes que les recuerde el objetivo que aquí nos reúne. Un primordial deber nos impone velar por el decoro de la familia militar, como ha dicho en cierta ocasión el heroico general Martínez Campos. Procedamos sin sentimentalismos, castiguemos el deshonor, exoneremos de la familia militar al compañero sin, sin, sin...

EL TENIENTE CARDONA

Posturitas de gallina.

EL TENIENTE ROVIROSA

La frase no es muy parlamentaria.

EL TENIENTE CARDONA

¿Queda o no queda admitida?

EL TENIENTE CAMPERO

Admitida. No nos ruborizamos.

EL TENIENTE ROVIROSA

Meditemos un instante y puesta la mano sobre la conciencia, dictemos un fallo justo. El apuntamiento reza así.

EL TENIENTE CARDONA

Prescindamos del cartapacio.

EL TENIENTE CAMPERO

¡Conforme!

EL TENIENTE CARDONA

La cuestión está situada entre estos dos conceptos, que llamaremos de justicia y de gracia. Primero: ¿Al teniente Don Pascual Astete y Bargas se le expulsa de las filas pronunciando sentencia un Tribunal de Honor? Segundo: ¿Se le llama y amonesta y conmina, de un cierto modo confidencial, para que solicite la absoluta? Yo creo haber declarado que me pronuncio contra todos los sentimentalismos.

EL TENIENTE CAMPERO

¿Qué retiro le queda?

EL TENIENTE ROVIROSA

¡El máximo! No se muere de hambre. Todavía junta al retiro dos pensionadas.

EL TENIENTE CARDONA

¡No hay como esos pipis para tener suerte! Este cura no tiene ni una pensionada. Y ha servido en Joló, en Cuba y en Africa.

EL TENIENTE ROVIROSA

Pero usted ha estado siempre en oficinas.

EL TENIENTE CARDONA

Porque tengo buena letra. ¡No me haga usted de reír!

EL TENIENTE ROVIROSA

Usted poco ha salido a campaña.

EL TENIENTE CARDONA

¿Es que solamente se ganan las cruces en campaña? ¡El Rey tiene todas las condecoraciones, y no ha estado nunca en campaña!

EL TENIENTE CAMPERO

¡Ha estado en maniobras!

EL TENIENTE ROVIROSA

No es cuestión del Rey. El Rey es un símbolo, una representación de todas las glorias del Ejército.

EL TENIENTE CAMPERO

¡Naturaca!

EL TENIENTE ROVIROSA

Nos hemos salido de la cuestión, sin haber llegado a un acuerdo. Recapitulemos. ¿Se conmina privadamente al supradicho oficial para que solicite el retiro? ¿Le exoneramos públicamente, constituidos en Tribunal de Honor?

EL TENIENTE CARDONA

Propongo que se le llame, y cada uno de nosotros le atice un capón. ¿Es que vamos a tomar en serio los cuernos de Don Friolera?

EL TENIENTE ROVIROSA

Yo creo que sí. Oigamos, sin embargo, lo que opina el Teniente Campero.

EL TENIENTE CAMPERO

Es muy duro sentenciar sin apelación.

EL TENIENTE ROVIROSA

El fallo iría en consulta a la Superioridad.

EL TENIENTE CAMPERO

La justicia no excluye la clemencia.

EL TENIENTE ROVIROSA

¡Evidente! ¿Quieren ustedes delegar en mí para que visite al Teniente Don Pascual Astete?

EL TENIENTE CARDONA

Por mí, delegado.

EL TENIENTE CAMPERO

Por mí, tal y tal.

EL TENIENTE ROVIROSA

Profundamente agradecido a la confianza depositada en mí, creo que procede reunirnos esta noche. Yo traeré un borrador del acta, y si ustedes están conformes, la firmaremos.

EL TENIENTE CAMPERO

Hay que pagar el café.

EL TENIENTE ROVIROSA

Yo soy huésped en la casa, y les convido a ustedes.

Los tres están en pie. Se abotonan, se ciñen las espadas, se ladean el ros mirándose de reojo en el espejo de la consola.

EL TENIENTE CARDONA

¡Partamos a la Guerra de los Treinta Años!

ESCENA NOVENA

El huerto de DON FRIOLERA, *a la puesta del Sol. La tapia rosada, los naranjos esmaltes de verdes profundos, el fruto de oro. La estrella de una alberca entre azulejos. Bajo la luz verdosa del emparrado, medita la sombra de Don Friolera: Parches en las sienes, babuchas moras, bragas azules de un uniforme viejo, y jubón amarillo de franela. El Teniente aparece sentado en una banqueta de campamento, tiene a la niña cabalgada y la contempla con ojos vidriados y lánguidos de perro cansino.* MANOLITA *lleva el pelo sujeto por un arillo de coralina, las medias caídas y las cintas de las alpargatas sueltas. Tiene el aire triste, la tristeza absurda de esas muñecas emigradas en los desvanes.*

MANOLITA

¡Papitolín, procura distraerte! ¡A serrín! ¡A serrán!... ¡Anda, papitolín!

DON FRIOLERA

¡No puedo! Tu tierna edad te dicta esas palabras. Serás mujer y comprenderás lo que entre tu padre y tu madre ahora se pasa. Tu padre, el que te dio el ser, no tiene honra, monina. ¡La prenda más estimada, más que la hacienda, más que la vida!... ¡Friolera!

MANOLITA

¡Papitolín, no tengas malas ideas!

DON FRIOLERA

¡Me quemo en su infierno!

MANOLITA

¡Papitolín, alégrate!

DON FRIOLERA

¡No puedo!

MANOLITA

¡Ríete!

DON FRIOLERA

¡No puedo!

MANOLITA

¡Porque no quieres!

DON FRIOLERA

¡Porque no tengo honor!

MANOLITA

¿Papitolín, te traigo la guitarra para distraerte?

DON FRIOLERA

¡Para llorar mis penas!

Manolita trae la guitarra. Don Friolera la saca de su funda de franela verde, y la templa con gesto lacrimatorio, que le estremece el bigote mal teñido. Los ojos de perro, vidriados y mortecinos, se alelan mirando a la niña.

DON FRIOLERA

¡Eres la clavellina de mi existencia!

MANOLITA

¡Papitolín, cuánto te quiero!

DON FRIOLERA

¡Friolera!

Manolita, repentinamente compungida, besa la mejilla del viejo, que le acaricia la cabeza, y suspi-

ra arrugando el pergamino del rostro con una mueca desconsolada.

DON FRIOLERA

¡Lástima que seas tan niña!

MANOLITA

¡Ya seré grande!

DON FRIOLERA

Yo no lo veré.

MANOLITA

¡Sí tal!

DON FRIOLERA

¿Tú no sabes que me he muerto esta noche? ¡Esta noche me han cantado el gorigori!

MANOLITA

¡Te vas a volver loco, papitolín!

DON FRIOLERA

¡Ya lo estoy!

MANOLITA

Con la guitarra te distraes.

DON FRIOLERA

¡Se acabó el mundo para este viejo!

MANOLITA

Toca *El Contrabandista.*

DON FRIOLERA

Veré si puedo.

Don Friolera recorre la guitarra con una falseta, y rasguea el acompañamiento de una copla, que canta con voz quebrada y jiponcios de mucho estilo.

COPLA DE DON FRIOLERA

¡Ya se acabó mi ventura!
¡Ya se acabó mi consuelo!
¡Ya no tengo quien me diga
mi niño, por ti me muero!

En una buharda, por encima de los tejados, aparece la cabeza pelona de Doña Tadea Calderón.

DOÑA TADEA

Después del tiberio nocturno, ahora esta juerga. ¡Tiene usted a todo el vecindario escandalizado, Señor Teniente!

DON FRIOLERA

¿Qué pide el honrado y cabrón vecindario, Doña Tadea?

DOÑA TADEA

Para poner tachas, no es usted el más competente, Don Vihuela.

MANOLITA

¡Cotillona!

DOÑA TADEA

¡Mocosa! Con los ejemplos que recibes no puedes tener otra crianza.

DON FRIOLERA

A usted la cazo yo de un tiro, como a un gorrión. ¡Friolera!

DOÑA TADEA

Yo saco la cara por mi pueblo. Adulterios y licencias, acá solamente ocurren entre familias de ciertos sujetos que vienen rodando la vida... ¡Falta de principios! Mengues y Dengues y Perendengues.

Fresca y pomposa, con peinador de muchos lazos, la escoba en la mano y un clavel en el rodete, asoma en el huerto la Señora Tenienta.

DOÑA LORETA

¿Qué picotea usted, Doña Tadea?

DOÑA TADEA

Primero son las buenas tardes, Señora Tenienta.

DOÑA LORETA

Para usted serán buenas.

DOÑA TADEA

Y para usted, pues tiene el bien de la salud.

DOÑA LORETA

Para mí son muy negras.

DOÑA TADEA

¡La compadezco!

MANOLITA

¡Cotillona!

DOÑA TADEA

¡Dele usted un revés a esa moña! ¡Edúquela usted, Señora Tenienta!

DOÑA LORETA

Disimule usted, Doña Tadea.

DON FRIOLERA

¡Niños y locos pregonan verdades!

DOÑA TADEA

¡Chiflado! ¿Es conducta a la noche querer matar a la mujer, y ahora esta juerga?

DON FRIOLERA

¿Halla usted la guitarra desafinada? Voy a templarla, para cantarle a usted una petenera.

DOÑA TADEA

¡Insolente!

DON FRIOLERA

Ya me saltó la prima.

DOÑA LORETA

Mira si puedes empalmarla, Pascual.

DON FRIOLERA

Voy a verlo. No tiene muy buen avío.

DOÑA LORETA

¡Son dos reales!

DON FRIOLERA

Ya lo sé, Loreta.

DOÑA TADEA

¡Al cabo, son ustedes gente que viene rodando!

Doña Tadea cierra de golpe el ventano, la Tenienta éntrase a la casa con un remangue, y el Teniente rasguea la guitarra con repique de los dedos en la madera.

COPLA DE DON FRIOLERA

Una bruja al acostarse
se dio sebo a los bigotes,

y apareció a la mañana
comida de los ratones.

Doña Tadea abre repentinamente el ventano, al final de la copla, y aparece con un guitarrillo, el perfil aguzado, los ojos encendidos y redondos, de pajarraco. Rasguea y canta con voz de clueca.

COPLA DE DOÑA TADEA

¡Cuatro cuernos del toro!
¡Cuatro del ciervo!
¡Cuatro de mi vecino!
¡Son doce cuernos!

Manolita corre por el huerto llenando el delantal de naranjas podres, y vuelve al lado de su padre. Don Friolera deja la guitarra sobre el banquillo, y pone en el ventano el blanco de un pim, pam, pum. Doña Tadea aparece y desaparece.

DOÑA TADEA

¡Grosero!

DON FRIOLERA

¡Pim!

DOÑA TADEA

¡Papanatas!

DON FRIOLERA

¡Pam!

DOÑA TADEA

¡Buey!

DON FRIOLERA

¡Pum!

ESCENA DECIMA

La garita de los carabineros en la punta del muelle, siempre batida por la bocana de aire. Noche de luceros en el recuadro del ventanillo. Un fondo divino de oro y azul para los aspavientos de un fantoche. DON FRIOLERA *se pasea. Tras de su sombra, va y viene el perrillo. Don Friolera mece la cabeza con mucho compás. De pronto se detiene, y cruzando las manos a la espalda, hinca la mirada en el ángulo de sus botas, donde juega «Merlín».*

DON FRIOLERA

¡Vamos a ver! ¿No puedes estarte quieto un momento con la borla del rabo?

«Merlín» bosteza, y entre los colmillos alarga la lengua blanca, como si se consultase de sus males. Don Friolera le aparta con un signo estrambótico de sabio maniático. El perrillo se levanta en dos patas y hace una escala de ladridos en la segunda octava. Una gracia que le enseñó la Tenienta. Don Friolera siente el alma cubierta de recuerdos: El canario, la gata, la niña, la escoba de Doña Loreta. ¡El guitarreo desafinado de Pachequín! El perfil de bruja de Doña Tadea.

DON FRIOLERA

¡Era feliz! ¡Friolera! ¡Indudablemente era feliz sin haberme enterado! ¡Friolera! ¡Friolera! ¡Friolera! El mundo es engaño y apariencia: Se enteran los mirones, y uno no se entera. ¡Ni de lo bueno ni de lo malo!... ¡Uno nunca se entera! Yo me quejaba de mi suerte, y nada me faltaba. ¡Todo lo tenía dentro de mi jaula! ¿Cuándo me entero? ¡Cuando todo lo pierdo! ¡Cuando nada de aquello me resta! Estas trastadas no pueden ser obra de Dios. Al que las sufre, no puede pedírsele que colabore con el Papa. ¡Friolera! Este tinglado lo gobierna el Infierno. Dios no podría consentir estos dolores. ¡Ni Dios, ni ninguna persona de conciencia! ¡Friolera! ¡Todo lo tenía y no tengo nada! ¿Qué iba ganando con dejarme corito el Padre Eterno? Le estoy dando vueltas, y este cisma no es obra de ninguna cabeza superior. Puede ser que Dios y Satanás se laven las manos. Toda esta tragedia la armó Doña Tadea Calderón. Con una palabra me echó al cuello la serpiente de los celos. ¡Maldita sea!

Entra una ráfaga de viento marino, y se arrebatan las hojas del calendario, colgado en un ángulo. La llama del quinqué se abre en dos cuernos. En la puerta, con la mano ante el ojo de cristal, está el Teniente Rovirosa.

EL TENIENTE ROVIROSA

¡Buenas noches, Pascual!

DON FRIOLERA

¡Buenas!

EL TENIENTE ROVIROSA

¿Muerde ese perrillo?

DON FRIOLERA

No tiene esa costumbre.

EL TENIENTE ROVIROSA

Sin embargo, podría usted llamarle.

DON FRIOLERA

No hay inconveniente. ¡Ven acá, *Merlín!*

Don Friolera da palmadas en una silla. «Merlín» se encarama de un salto y, moviendo la borla del rabo, se acomoda.

EL TENIENTE ROVIROSA

Me trae un enojoso asunto.

DON FRIOLERA

Lo adivino.

EL TENIENTE ROVIROSA

Mi visita tiene un carácter a la vez privado y oficial. Un hombre de ciencia le llamaría anfibio. Yo no lo soy, y tampoco me creo autorizado para emplear esos términos.

DON FRIOLERA

¿Quiere usted sentarse? Deja esa silla, *Merlín.*

EL TENIENTE ROVIROSA

Estoy más tranquilo con que la ocupe el perrito

DON FRIOLERA

¡Bueno!

EL TENIENTE ROVIROSA

Teniente Astete, un Tribunal compuesto de oficiales me comisiona para conocer los antecedentes del enojoso contratiempo ocurrido entre usted y su señora.

DON FRIOLERA

He resuelto no hablar de ese asunto.

EL TENIENTE ROVIROSA

No puede usted contestar en esa forma a mi requerimiento.

DON FRIOLERA

Pues así contesto.

EL TENIENTE ROVIROSA

Pascual, sea usted razonable.

DON FRIOLERA

No quiero.

EL TENIENTE ROVIROSA

Se expone usted a que los oficiales adoptemos una resolución muy seria.

DON FRIOLERA

Pueden ustedes cantarme el gorigori.

EL TENIENTE ROVIROSA

No adelantemos los sucesos. En la reunión de oficiales se ha acordado que usted solicite el retiro.

DON FRIOLERA

¿Y por qué? ¿Porque no tengo honor?

EL TENIENTE ROVIROSA

Sobre nuestras decisiones no puedo admitir controversia.

DON FRIOLERA

Mis cuernos no son una excepción en la milicia.

EL TENIENTE ROVIROSA

Respete usted el honor privado de nuestra gloriosa oficialidad.

DON FRIOLERA

Ningún militar está libre de que su señora le engañe. ¡Friolera! En ese respecto, el fuero no hace diferencia de la gente civil, y al más pintado le sale rana la señora.

EL TENIENTE ROVIROSA

¡Evidente! ¡Pero se impone no tolerarlo! Los militares nos debemos a la galería.

DON FRIOLERA

¿Y sabe usted mi intención oculta? ¡Pim! ¡Pam! ¡Pum!

EL TENIENTE ROVIROSA

No sea usted guillado y solicite el retiro.

DON FRIOLERA

¿Usted qué haría en mis circunstancias?

EL TENIENTE ROVIROSA

Si contestase a esa pregunta, contraería una gran responsabilidad.

DON FRIOLERA

¿Usted lavaría su honor?

EL TENIENTE ROVIROSA

¡Evidente!

DON FRIOLERA

¿Con sangre?

EL TENIENTE ROVIROSA

¡Evidente!

DON FRIOLERA

Mañana recibirá usted en su casa dos cabezas ensangrentadas.

EL TENIENTE ROVIROSA

Real y verdaderamente se impone un acto de demencia.

DON FRIOLERA

¡Y lo tendré!

EL TENIENTE ROVIROSA

¡Chóquela usted, Pascual! Deploro que ese granuja no sea un caballero, porque me da el corazón que le hubiera usted pasado de parte a parte.

DON FRIOLERA

¡Friolera!

EL TENIENTE ROVIROSA

Para mí, los desafíos representan un adelanto en las costumbres sociales. Otros opinan lo contrario, y los condenan como supervivencia del feudalismo. ¡Pero Alemania, pueblo de una superior cultura, sostiene en sus costumbres el duelo! ¡Para usted la desgracia ha sido la mala elección por parte de su señora!

DON FRIOLERA

La cegó ese pendejo.

EL TENIENTE ROVIROSA

¡Evidente!

DON FRIOLERA

Mañana recibirá usted las dos cabezas.

EL TENIENTE ROVIROSA

¡Deme usted un abrazo, Pascual! ¡Pulso firme! ¡Ánimo sereno! El Tribunal de Honor, fiado en la palabra de usted, suspenderá toda decisión.

DON FRIOLERA

Hágale usted presente mi gratitud.

EL TENIENTE ROVIROSA

Será usted complacido en tan honroso deseo.

DON FRIOLERA

Si hoy tengo perdida la estimación de mis queridos compañeros, espero que pronto me la devolverán.

EL TENIENTE ROVIROSA

Yo también lo espero.

DON FRIOLERA

¡Pim! ¡Pam! ¡Pum!

«Merlín» endereza las orejas, y de un salto se arroja a la puerta de la garita, desatado en ladridos, terrible la borla del rabo. Don Friolera gesticula ajeno a los ladridos del faldero, y está, con una mano en el ojo de cristal y otra en el puño de la espada, el Teniente Don Lauro Rovirosa.

ESCENA UNDECIMA

Noche estrellada. Fragancia serena de un huerto de naranjos con el claro de luna sobre la tapia. Abre los brazos el pelele en la copa de la higuera. Cantan los grillos y se apagan las luces de algunas ventanas. El BARBERO, *encaramado a un árbol, apunta el tajamar de la nariz acechando una reja vecina, en las frondas de otro huerto.* DOÑA LORETA, *con peinador lleno de lazos, sale a la reja, y el galán saca la figura sobre la copa del árbol, negro y torcido como un espantapájaros.*

DOÑA LORETA

¡Pachequín!

PACHEQUÍN

¡Prenda adorada!

DOÑA LORETA

¡Qué compromiso!

PACHEQUÍN

¿Te llegó mi mensaje?

DOÑA LORETA

¡Estoy volada! A mí poco me importa morir, pero me sobrecoge pensar que peligra la vida de un sujeto de las circunstancias de usted, Pachequín.

PACHEQUÍN

¡Así habla el amor! Por lo demás, un hombre es como otro, y servidorcito no le teme al Teniente.

DOÑA LORETA

¡Es un sanguinario!

PACHEQUÍN

¡Yo soy alicantino!

DOÑA LORETA

¡Ay Pachequín, qué negra estrella! Si tomó una resolución de matarnos, la cumplirá, es muy temoso.

PACHEQUÍN

Yo, donde le vea venir frente a mí, le madrugo.

DOÑA LORETA

Y se pierde usted, Pachequín.

PACHEQUÍN

Nada me importa, si salvo la vida de una esposa mártir.

DOÑA LORETA

¡Mi destino es morir degollada!

PACHEQUÍN

¡O de un tiro traidor!...

DOÑA LORETA

Lleva una faca.

PACHEQUÍN

Pues el sujeto que me avisó de andar con cautela le ha visto aceitar un pistolón.

DOÑA LORETA

Morir, no me importa.

PACHEQUÍN

Ahora digo yo lo que me dijeron en cierta ocasión. La vida es muy rica.

DOÑA LORETA

Cuando hay felicidad, Pachequín.

PACHEQUÍN

Tu felicidad es ser mi compañera.

DOÑA LORETA

No puedo abandonar mi obligación de esposa y madre.

PACHEQUÍN

¿Eso quiere decir que al considerarme correspondido me equivocaba?

DOÑA LORETA

Usted necesita una mujer sin compromisos.

PACHEQUÍN

¡Loretita, todo nos une!

DOÑA LORETA

¡Mi honra nos separa!

PACHEQUÍN

¿Y la vida?

DOÑA LORETA

¡Prefiero la honra a todo!

PACHEQUÍN

¡Mujer extraordinaria!

DOÑA LORETA

Como debo de ser.

PACHEQUÍN

Mi corazón enamorado no puede consentir que una esposa modelo sufra pena que no merece. Si ese hombre demente se satisface con beberse mi sangre, me avistaré con él. ¡Se la ofreceré en holocausto, a cambio de salvarte!

DOÑA LORETA

¡Yo soy quien debe morir!

PACHEQUÍN

Morir o matar, a mí me sale por nada.

DOÑA LORETA

¿Y no vernos más? ¡Ay Pachequín, ésas no son palabras de un hombre que ama!

PACHEQUÍN

Lo son de un hombre desesperado.

DOÑA LORETA

¡No me sobresaltes! ¿Qué pretendes?

PACHEQUÍN

Que mires de salvar tu vida.

DOÑA LORETA

¡Dame tú el remedio!

PACHEQUÍN

¿Acaso no está manifiesto? ¡Pídele alas al amor! ¡Deja ese calabozo, deja esas tinieblas!

DOÑA LORETA

Calla. ¿Qué hombre eres tú? ¡Si me amas, calla! ¡No me ofusques! ¡Soy una débil mujer enamorada!

PACHEQUÍN

¡Muéstralo!

DOÑA LORETA

¿Y tú sabes a lo que te obligas? ¿Por ventura lo sabes? ¡Una mujer es una carga muy grande!

PACHEQUÍN

¡Una mujer, si media amor, es un peso muy dulce!

DOÑA LORETA

Luego sentirás el empalago.

PACHEQUÍN

¡Me calumnias!

DOÑA LORETA

¡Tu desvío sería para mí una puñalada traidora!

PACHEQUÍN

Juan Pacheco no da esas puñaladas.

DOÑA LORETA

¿No tendrás ese descarte conmigo?

PACHEQUÍN

¡Pídeme el juramento que te satisfaga!

DOÑA LORETA

¡Tirano! ¡Manifiesta claramente el sacrificio que pretendes de esta mujer ciega!

PACHEQUÍN

¡Que me sigas! ¡Te conduciré al fin del mundo! Lejos de aquí pasaremos por dos casados.

DOÑA LORETA

¡Tentador, mira mis lágrimas, ya que mirar no sabes en mi corazón! ¡Juan Pacheco, soy madre, no pretendas que abandone al ser de mis entrañas!

PACHEQUÍN

Concédeme siquiera venir una hora a mi casa. Cumple la promesa que me hiciste. ¡Loretita, has encendido el fuego de un volcán en mi existencia!

DOÑA LORETA

¡Hombre fatal, no comprendes que si te sigo, me pierdo para siempre!

PACHEQUÍN

¡No te retendré!

DOÑA LORETA

Ni me harás tuya.

PACHEQUÍN

Por la fuerza no apetezco yo cosa ninguna. ¡Recuerda mis procederes cuando te tuve en mis brazos! Baja al huerto, concédeme al menos hablarte con las manos enlazadas.

DOÑA LORETA

¡Ay Pachequín, tú conseguirás perderme!

PACHEQUÍN

¡Concédeme la gracia que te pido!

DOÑA LORETA

¡Me pedirías la vida y no sabría negártela, hombre fatal!

La Tenienta se retira de la reja y sale al huerto. Se anuncia sobre la arena del sendero, con rumor de enaguas almidonadas. El galán, negro y zancu-

do, salta del árbol a la tapia lunera, y de la tapia al huerto. Cae, abriendo las aspas de los brazos.

PACHEQUÍN

¡Tormento!

DOÑA LORETA

¡Tirano!

Doña Loreta suspira llevándose las manos a las sienes y el galán la abraza por el talle, bizcando un ojo sobre los perifollos del peinador, por guipar en la vasta amplitud de los senos.

DOÑA LORETA

¡La cabeza se me vuela!

PACHEQUÍN

¡Mujer adorada!

DOÑA LORETA

¡Casi no te veo!

PACHEQUÍN

¡Arrebato de sangre, confusión de nervios, Loretita!

DOÑA LORETA

¡Tendré que sangrarme!

PACHEQUÍN

¡Vida mía, me entra un escalofrío de pensar que te pinchen la vena!

DOÑA LORETA

¡Zaragatero!

PACHEQUÍN

¡Negrona!

DOÑA LORETA

¡Me pierdes!

PACHEQUÍN

¡Fea!

DOÑA LORETA

¡Déjeme usted, Pachequín!

PACHEQUÍN

¡No puedo!

DOÑA LORETA

¡Pero usted está siempre dispuesto!

PACHEQUÍN

¡Naturalmente!

DOÑA LORETA

¡Qué hombre!

PACHEQUÍN

¡El propio para tus fuegos!

DOÑA LORETA

¡Se engaña usted, Pachequín! Yo soy una mujer apática. Déjeme usted seguir mi suerte. Somos en el querer muy opuestos.

PACHEQUÍN

¡Me enciendes en una llama!

DOÑA LORETA

¡Calla!... ¡Pasos en la casa y abrir y cerrar de puertas! ¡Estamos perdidos!

Espanto y aspavientos. Se desprende del abrazo amoroso y pone atención a los ventalles del huerto. Pachequín, de reojo, mide la tapia y tiende la oreja con el mismo gesto palpitante que Doña Loreta.

PACHEQUÍN

Me parece que ha sido un sobresalto inmotivado.

DOÑA LORETA

¡Calla!

PACHEQUÍN

¡No oigo nada!

DOÑA LORETA

¡La niña se ha despertado y llora de miedo! ¿No la oyes, tirano? ¿No te conmueve?

PACHEQUÍN

¡Vida mía, temí una tragedia! ¡Ya estaba con el revólver en la mano!

DOÑA LORETA

¡Tú me perderás!

PACHEQUÍN

¡Si me amas, sígueme!

DOÑA LORETA

¿No te conmueve el llanto de ese ángel?

PACHEQUÍN

¡Es fruto de tus entrañas, y no puedo menos de conmoverme!

DOÑA LORETA

¿Y quieres que por seguirte desgarre mi corazón de madre?

PACHEQUÍN

Loretita, no es caso de conflicto entre opuestos deberes. Este nudo gordiano lo corto yo con mi navaja barbera. Tú me sigues y ese ángel nos acompaña, Loreta. Ve por tu hija. ¡Tendrá en mí un padre, como si fuese huérfana!

DOÑA LORETA

¿Hombre funesto, sabes a lo que te comprometes?

PACHEQUÍN

¡No me hables más! ¡Madre atormentada, ve a por tu hija!

DOÑA LORETA

¡Seré tu sierva!

PACHEQUÍN

¡Corre!

DOÑA LORETA

¡Vuelo!

Jamona, repolluda y gachona, con mucho bullebulle de las faldas, toda meneos, se aleja por el sendero morisco, blanco de luna y fragante de albahaca y claveles. Pachequín, finchado sobre la pata coja, negro y torcido, abre las aspas de los brazos, bajo el nocturno de luceros.

PACHEQUÍN

¡San Antonio, si no me has dado esposa como es debido, me das una digna compañera!... Te lo agradezco igual, Divino Antonio, y solamente te pido en esta hora salud, y que no me falte trabajo. En adelante tendré que mantener dos bocas más. ¡Son obligaciones de casado! ¡Mírame como tal casado, Divino Antonio! ¡Me hago el cargo de una familia abandonada! ¡Preserva mi vida de malos sucesos, donde se cuentan los acaloramientos de un hombre bárbaro!...

Claro morisco de luna, senderillo perfumado de verbena. Con la moña desnuda en los brazos, sofocada, surge la tarasca. Pachequín abre el compás desigual de las zancas y corre a su encuentro.

PACHEQUÍN

Yo te descargo del dulce peso.

DOÑA LORETA

¡Gracias!

Al cambio de brazos, la moña pone los gritos en la luna. El raptor, negro y torcido, escala la tapia. Encaramado, alarga una mano al serpentón de la tarasca. Don Friolera, dando traspiés, irrumpe en el huerto, los pantalones potrosos, el ros sobre una oreja, en la mano un pistolón.

DON FRIOLERA

¡Vengaré mi honra! ¡Pelones! ¡Villa de cabrones! ¡Un militar no es un paisano! ¡Pim! ¡Pam! ¡Pum! ¡No me tiembla a mí el pulso! ¡Hecha justicia, me presento a mi Coronel!

Dispara el pistolón, y con un grito los fantoches luneros de la tapia se doblan sobre el otro huerto. Doña Loreta reaparece, los pelos de punta, los brazos levantados.

DOÑA LORETA

¡Pantera!

Nuevamente se derrumba. Algunas estrellas se esconden asustadas. En su buharda, como una lechuza, acecha Doña Tadea. Y se aleja con una arenga embarullada el fantoche de Otelo.

DON FRIOLERA

¡Vengué mi honra! ¡Pelones! ¡Villa de cabrones! ¡Un militar no es un paisano!

ESCENA ULTIMA

Sala baja con rejas: Esterillas de junco; una mampara verde; legajos sobre la mesa, y sobre el sillón, con funda, el retrato del Rey niño. El CORONEL, DON PANCHO LAMELA, *con las gafas de oro en la punta de la nariz, llora enternecido leyendo el folletín de «La Época». La* CORONELA, *en corsé y falda bajera, escucha la lectura un poco más consolada. Se abre la mampara. Aparece el Teniente* DON FRIOLERA, *resuena un grito y se cubre el escote con las manos Doña Pepita la Coronela.*

EL CORONEL

¡Insolente!

DOÑA PEPITA

¡Cierre usted los ojos, Don Friolera!

EL CORONEL

¡Cúbrete con el periódico, Pepita!

DON FRIOLERA

¡Hay sangre en mis manos!

DOÑA PEPITA

¡Cierre usted los ojos, so pelma!

El Coronel aparta el sillón, y sale al centro de la sala luciendo las zapatillas de terciopelo, bordadas por su señora. Abierto el compás de las piernas, y un dedo alzado, se encara con Don Friolera.

EL CORONEL

¡Cuádrese usted!

DON FRIOLERA

¡A la orden, mi Coronel!

EL CORONEL

¿Quién es usted?

DON FRIOLERA

Teniente Astete, mi Coronel.

EL CORONEL

¿Con destino en la Ciudadela?

DON FRIOLERA

Así es, mi Coronel.

EL CORONEL

¿Ha sido usted llamado?

DON FRIOLERA

No, mi Coronel.

EL CORONEL

¿Qué permiso tiene usted?

DON FRIOLERA

No tengo permiso, mi Coronel.

EL CORONEL

¡Pues a su puesto!

DON FRIOLERA

Tengo, urgentemente, que hablar a vuecencia.

EL CORONEL

¡Teniente Astete, vuelva usted a su puesto y solicite con arreglo a ordenanza! ¡Y espere usted un arresto!

DON FRIOLERA

¡Envíeme vuecencia a prisiones, mi Coronel! ¡Vengo a entregarme! ¡Pim! ¡Pam! ¡Pum! ¡He vengado mi honra! ¡La sangre del adulterio ha corrido a raudales! ¡Friolera! ¡Visto el uniforme del Cuerpo de Carabineros!

EL CORONEL

¡Que usted deshonra con el feo vicio de la borrachera!

DON FRIOLERA

¡Gotean sangre mis manos!

EL CORONEL

¡No la veo!

DOÑA PEPITA

¡Es un hablar figurado, Pancho!

El Coronel dirige los ojos a la puerta de escape, donde se asoma la Coronela. Jugando a esconderse, enseña un hombro desnudo, y se encubre el resto del escote con «La Época».

EL CORONEL

¡Retírate, Pepita!

DOÑA PEPITA

¿A quién mató usted? ¡Dígalo usted de una vez, pelmazo!

DON FRIOLERA

¡Maté a mi señora, por adúltera!

LA CORONELA

¡Qué horror! ¿No tenían ustedes hijos?

DON FRIOLERA

Una huérfana nos queda. Me la represento ahora abrazada al cadáver, y el corazón me duele. El padre, ya lo ve usted, camino de prisiones militares. La madre, mortal, con una bala en la sien.

DOÑA PEPITA

¿Tú crees esa historia, Pancho?

EL CORONEL

Empiezo a creerla.

DOÑA PEPITA

¿No ves la papalina que se gasta?

EL CORONEL

¡Retírate, Pepita!

DOÑA PEPITA

¡Espera!

EL CORONEL

¡Pepita, te retiras o te recatas mejor con el periódico!

DOÑA PEPITA

Si se ve algo, que lo lleven a la plaza.

EL CORONEL

¡Retírate!

DOÑA PEPITA

¡Turco!

DON FRIOLERA

¡Desde Teniente a General en todos los grados debe morir la esposa que falta a sus deberes!

DOÑA PEPITA

¡Papanatas!

Arroja el periódico al centro de la sala y desaparece con un remangue, batiendo la puerta. El Coronel tose, se cala las gafas y abre el compás de sus chinelas bordadas, alzando y bajando un dedo. Don

Friolera, convertido en fantoche matasiete, rígido y cuadrado, la mano en la visera del ros, parece atender con la nariz.

EL CORONEL

¿Qué barbaridad ha hecho usted?

DON FRIOLERA

¡Lavé mi honor!

EL CORONEL

¿No son absurdos del vino?

DON FRIOLERA

¡No, mi Coronel!

EL CORONEL

¿Está usted sin haberlo catado?

DON FRIOLERA

Bebí después, para olvidar... Vengo a entregarme.

EL CORONEL

Teniente Astete, si su declaración es verdad, ha procedido usted como un caballero. Excuso decirle que está interesado en salvarle el honor del Cuerpo. ¡Fúmese usted ese habano!

La Coronela irrumpe en la sala, sofocada, con abanico y bata de lazos. Se derrumba en la mecedora. Enseña una liga.

DOÑA PEPITA

¡Qué drama! ¡No mató a la mujer! ¡Mató a la hija!

DON FRIOLERA

¡Maté a mi mujer! ¡Mi hija es un ángel!

DOÑA PEPITA

¡Mató a su hija, Pancho!

EL CORONEL

¿Ha oído usted, desgraciado?

DON FRIOLERA

¡Sepúltate, alma, en los infiernos!

EL CORONEL

Pepita, que le sirvan un vaso de agua.

DON FRIOLERA

¡Asesinos! ¡Cabrones! ¡Más cabrones que yo! ¡Maté a mi mujer! ¡Mate usted a la suya, mi Coronel! ¡Mátela usted, que también se la pega! ¡Pim! ¡Pam! ¡Pum!

DOÑA PEPITA

¡Idiota!

EL CORONEL

¡Teniente Astete, ha perdido usted la cabeza!

DOÑA PEPITA

¡Pancho, imponle un correctivo!

EL CORONEL

¡Pepita, la vida de un hijo es algo serio!

DOÑA PEPITA

¡Qué crimen horrendo!

EL CORONEL

Teniente Astete, pase usted arrestado al Cuarto de Banderas.

DON FRIOLERA

¡Me estoy muriendo! ¿Podría pasar al Hospital?

EL CORONEL

¡Puede usted hacerlo!

DON FRIOLERA

¡A la orden, mi Coronel!

EL CORONEL

Indudablemente ha perdido la cabeza. Explícate tú, Pepita: ¿Quién te ha contado ese drama?

DOÑA PEPITA

¡El asistente!

EPILOGO

La plaza del mercado en una ciudad blanca, dando vista a la costa de Africa. Furias del sol, cabrilleos del mar, velas de ámbar, parejas de barcas pesqueras. El ciego pregona romances en la esquina de un colmado, y las rapadas cabezas de los presos asoman en las rejas de la cárcel, un caserón destartalado que había sido convento de franciscanos antes de Mendizábal. El perrillo del ciego alza la pata al arrimo de una valla decorada con desgarrados carteles, postrer recuerdo de las ferias, cuando vino a llevarse los cuartos la María Guerrero.—El Gran Galeoto.—La Pasionaria.—El Nudo Gordiano.—La Desequilibrada

ROMANCE DEL CIEGO

En San Fernando del Cabo,
perla marina de España,
residía un oficial
con dos cruces pensionadas,
recompensa a sus servicios
en guarnición y en campaña.
Sin escuchar el consejo
de amigos que le apreciaban,
casó con una coqueta,
piedra imán de su desgracia.

Al cabo de poco tiempo
—el pecado mal se guarda—
un anónimo le advierte
que su esposa le engañaba.
Aquel oficial valiente,
mirando en lenguas su fama,
rasga el papel con las uñas
como una fiera enjaulada,
y echando chispas los ojos,
vesubios de sangre humana,
en la cintura se esconde
un revólver de diez balas.
Esperando la ocasión,
a su esposa festejaba,
disimulando con ella
porque no se recelara.
Al cabo de pocos días
supo que se entrevistaba
en casa de una alcahueta
de solteras y casadas.
Allí dirige los pasos,
la puerta encuentra cerrada,
salta las tapias del huerto,
la vuelta dando a la casa,
y oye pronunciar su nombre
entre risas y soflamas.
Sofocando un ronco grito,
propia pantera de Arabia,
en astillas, de los gonces,
hace saltar la ventana.
¡Sagrada Virgen María,
la voz tiembla en la garganta
al narrar el espantoso
desenlace de este drama!

Aquel oficial valiente
su revólver de diez balas
dispara ciego de ira
creyendo lavar la mancha
de su honor. ¡Ay, no sospecha
que la sangre derramaba
de su hija Manolita,
pues la madre se acompaña
de la niña, por hacer
salida disimulada,
y el cortejo la tenía
al resguardo de la capa!
Cuando el valiente oficial
reconoce su desgracia,
con los ayes de su pecho
estremece la Alpujarra.
A la mujer y al querido
los degüella con un hacha,
las cabezas ruedan juntas,
de los pelos las agarra,
y con ellas se presenta
al general de la plaza.
Tiene pena capital
el adulterio en España,
y el general Polavieja,
con arreglo a la Ordenanza,
el pecho le condecora
con una cruz pensionada.
En los campos de Melilla
hoy prosigue sus hazañas:
Él solo mató cien moros
en una campal batalla.
Le proclaman nuevo Prim
las cabilas africanas,

y el que fue Don Friolera
en lenguas de la canalla,
oye su nombre sonar
en las lenguas de la Fama.
El Rey le elige ayudante,
la Reina le da una banda,
la Infanta Doña Isabel
un alfiler de corbata,
y dan a luz su retrato
las Revistas Ilustradas.

Tras una reja de la cárcel están asomados Don Manolito y Don Estrafalario. Huelga decir que son huéspedes de la trena, por sospechosos de anarquistas, y haber hecho mal de ojo a un burro en la Alpujarra.

DON ESTRAFALARIO

Este es el contagio, el vil contagio, que baja de la literatura al pueblo.

DON MANOLITO

De la mala literatura, Don Estrafalario.

DON ESTRAFALARIO

Toda la literatura es mala.

DON MANOLITO

No me opongo.

DON ESTRAFALARIO

¡Aún no hemos salido de los Libros de Caballerías!

DON MANOLITO

¿Cree usted que no ha servido de nada Don Quijote?

DON ESTRAFALARIO

Ni Don Quijote ni las guerras coloniales. ¿No le parece a usted ridícula esa literatura, jactanciosa como si hubiese pasado bajo los bigotes del Kaiser?

DON MANOLITO

Indudablemente, en la literatura aparecemos como unos bárbaros sanguinarios. Luego se nos trata, y se ve que somos unos borregos.

DON ESTRAFALARIO

¡Qué lejos de este vil romancero aquel paso ingenuo que hemos visto en la raya de Portugal! ¡Qué lejos aquel sentido malicioso y popular! ¿Recuerda usted lo que entonces le dije?

DON MANOLITO

¡Me dijo usted tantas cosas!

DON ESTRAFALARIO

¡Sólo pueden regenerarnos los muñecos del Compadre Fidel!

DON MANOLITO

¡Con decoraciones de Orbaneja! ¡Ya me acuerdo!

DON ESTRAFALARIO

Don Manolito, gástese usted una perra y compre el romance del ciego.

DON MANOLITO

¿Para qué?

DON ESTRAFALARIO

¡Infeliz, para quemarlo!

ESPERPENTO DE LA HIJA DEL CAPITÁN

DRAMATIS PERSONAE

EL GOLFANTE DEL ORGANILLO Y UNA MUCAMA NEGRA MANDINGA.

LA POCO GUSTO, EL COSMÉTICO Y EL TAPA BOCAS, PÍCAROS DE LAS AFUERAS.

UN HORCHATERO.

LA SINIBALDA, QUE ATIENDE POR LA SINI, Y SU PADRE EL CAPITÁN CHULETAS DE SARGENTO.

UN GENERAL GLORIOSO Y LOS CUATRO COMPADRES: EL POLLO DE CARTAGENA, EL BANQUERO TRAPISONDAS, EL EX MINISTRO MARCHOSO Y EL TONGUISTA DONOSTIARRA.

EL ASISTENTE DEL CAPITÁN.

UN CAMARERO DE CAFÉ.

EL SASTRE PENELA Y EL BATUCO, ACRÓBATAS DEL CÓDIGO.

UN CAMASTRÓN, UN QUITOLIS, UN CHULAPO ACREDITADO EN EL TAPETE VERDE, UN POLLO BABIECA Y UN REPÓRTER, SOCIOS DE BELLAS ARTES.

TOTÓ, OFICIAL DE HÚSARES, AYUDANTE DEL GENERAL, Y OTRO AYUDANTE.

EL BRIGADIER FRONTAURA Y EL CORONEL CAMARASA.

DOÑA SIMPLICIA, DAMA INTELECTUAL.

SU ILUSTRÍSIMA, OBISPO IN PARTIBUS.

UNA BEATA, UN PATRIOTA, UN PROFESOR DE HISTORIA.

EL MONARCA.

UN LORITO DE ULTRAMAR.

ORGANILLOS Y CHARANGAS.

ESCENA PRIMERA

Madrid Moderno: En un mirador espioja el alón verdigualda un loro ultramarino. La siesta. Calle jaulera de minúsculos hoteles. Persianas verdes. Enredaderas. Resol en la calle. En yermos solares la barraca de horchata y melones, con el obeso levantino en mangas de camisa. Un organillo. Al golfante del manubrio, calzones de odalisca y andares presumidos de botas nuevas, le asoma un bucle fuera de la gorrilla, con estudiado astragalo, y sobre el hombro le hace morisquetas el pico verderol del pañolito gargantero. Por la verja de un jardín se concierta con una negra mucama.

EL LORO

¡Cubanita canela!

EL GOLFANTE

Ese amigo me ha dado el primer quién vive. Oírlo y caer en la cuenta de que andaba por aquí el Capitán. Después he visto asomar el moño de la Sini. No sé si me habrá reconocido.

LA MUCAMA

Es mucho el cambio. Si usted no se me descubre, yo no le saco. La niña, sin duda, tendrá más presente su imagen.

EL GOLFANTE

¡Cómo me la ha pegado! Esa se ha ido cegada por los pápiros del tío ladrón.

LA MUCAMA

Más es el ruido.

EL GOLFANTE

Ya sé que no pagáis una cuenta y que tu amo tira el pego en su casa. Otro *Huerto del Francés* estáis armando. ¡Buena fama os dan en el barrio!

LA MUCAMA

¡Qué chance! Estamos en un purito centro de comadreo.

EL LORO

¡Cubanita canela!

EL GOLFANTE

Ese charlatán es un bando municipal sobre la ventana de la Sini. La andaba buscando loco por esas calles, y aquí estaba esperándome el lorito con su letrero. ¡Impensadamente volvía a ponerse en mi camino la condenada sombra de la Sini! ¡Aquí está mi perdición! Entra y dile que el punto organillero desea obsequiarla con un tango. Que salga, como es de política, a darme las gracias y proponer el más de su gusto. Y si no sale, será que prefiere oír todo el repertorio. Recomiéndale que no sea tan filarmónica.

LA MUCAMA

¡Apártese! Tenemos bucaneros en la costa.

Disimulábase la negra mandinga regando las macetas, y el pirante del organillero batió la Marcha de Cádiz. *Salía, en traje de paisano, el Capi-*

tán Sinibaldo Pérez: Flux de alpaca negra, camisa de azulinos almidones, las botas militares un abierto compás de charolados brillos, el bombín sobre la ceja, el manatí jugando en los dedos. Dos puntos holgazanes y una golfa andariega que refrescan en la barraca del levantino, hacen su comentario a espaldas del Capitán. La Poco-Gusto, le dicen a la mozuela, y a los dos pirantes, Pepe el Cosmético y Tono el Tapabocas.

LA POCO-GUSTO

¡Qué postinero!

EL COSMÉTICO

Por algo es Chuletas de Sargento.

EL HORCHATERO

Esa machada se la cuelgan.

EL COSMÉTICO

¿Que no es verdad, y está sumariado?

EL HORCHATERO

Las Ordenanzas Militares son muy severas, y los ranchos con criadillas de prisioneros están más penados que entre moros comer tocino. Tocante al Capitán, yo no le creo hombre para darse esa manutención.

EL TAPABOCAS

¡Que no fuese guateque diario, estamos en ello! Pero él propio se alaba.

EL HORCHATERO

¡Boquerón que es el compadre!

LA POCO-GUSTO

¿Y el proceso?

EL HORCHATERO

¡Ché! Por tirar la descargada.

EL COSMÉTICO

A mí no me representa un mérito tan alto, estando de buen paladar, comer chuletas. ¿Que son de sargento? Como si fueran de cordero. ¡En estando de gusto!

EL TAPABOCAS

¿Y por qué razón no van a saber buenas las chuletas de sargento mambís?

LA POCO-GUSTO

¡Se podrán comer, pero buenas!...

EL TAPABOCAS

Buenas. ¿Por qué no?

EL HORCHATERO

Con mucho vino, con mucha guindilla, por una apuesta, limpias de grasas, lo magro magro, casi convengo.

EL COSMÉTICO

Y así habrá sido.

EL HORCHATERO

¡Ni eso!

EL TAPABOCAS

Pues se lo han acumulado como un guateque diario y tiene una sumaria a pique de salir expulsado de la Milicia.

EL HORCHATERO

¡Bien seguro se halla! Para que el proceso duerma, la hija se acuesta con el Gobernador Militar.

LA POCO-GUSTO

La dormida de la hija por la dormida del expediente.

EL COSMÉTICO

¡Una baza de órdago a la grande!

EL HORCHATERO

No llegan las pagas, hay mucho vicio y se cultiva la finca de las mujeres.

EL COSMÉTICO

Quien tiene la suerte de esas fincas. Menda es huérfano.

EL HORCHATERO

Te casas y pones la parienta al toreo.

EL COSMÉTICO

¿Y si no vale para la lidia?

LA POCO-GUSTO

Búscala capeada. ¡Mira la Sini, al timoteo con el andoba del organillo!

La Sinibalda, peinador con lazos, falda bajera, moñas en los zapatos, un clavel en el pelo, conversaba por la verja del jardinillo con el golfante del manubrio.

LA SINI

No te hubiera reconocido. Aquí no es sitio para que hablemos.

EL GOLFANTE

¿Temes comprometerte?

LA SINI

La mujer en mi caso, con un amigo que nada le niega, está obligada a un miramiento que ni las casadas.

EL GOLFANTE

¿Que nada te niega? Quiere decirse que lo tienes todo con ese tío cabra.

LA SINI

Todo lo que se tiene con guita.

EL GOLFANTE

¿Que lo pasas al pelo?

LA SINI

Según se mire. Algo me falta, eso ya puedes comprenderlo. Tú has podido sacarme de la casa de mi padre. ¿Que no tenías modo de vida? Pues atente a las consecuencias. ¿Lo tienes ahora? Pronta estoy a seguirte. ¡Ya te veo empalmado, pero no te lo digo por miedo! ¿Qué traes? ¡Un organillo! Vienes a camelarme con música. ¿Vas a sostenerme con escalas y arpegios? Mírame. No seas loco. ¡Y tienes toda la vitola de un golfante!

EL GOLFANTE

Tú dirás qué venga a ser sino un golfo, ciego por la mayor golfa, peleado con toda mi casta.

LA SINI

¡Cuándo asentarás la cabeza! ¿Dejaste los estudios? Pues has hecho mal. ¡Y tienes toda la vitola de un organillero! ¿Qué tiempo llevas dando al manubrio?

EL GOLFANTE

Tres meses. Desde que llegué.

LA SINI

¿Has venido siguiéndome?

EL GOLFANTE

Como te lo prometí.

LA SINI

Pero siempre pensé que no lo hicieses.

EL GOLFANTE

Ya lo ves.

LA SINI

¡Vaya un folletín!

EL GOLFANTE

Por ahí sacarás todo el mal que me has hecho.

LA SINI

Te has puesto pálido. ¿De verdad tanto ciegas por mí?

EL GOLFANTE

¡Para perderme!

LA SINI

Lo dices muy frío. No hay que hacerte caso. ¿Y qué ventolera te ha entrado de ponerte a organillero?

EL GOLFANTE

Para el alpiste y buscarte por las calles de Madrid. El lorito en tu ventana ha sido como un letrero.

LA SINI

¿Y qué intención traes? Empalmado lo estás. ¿Tú has venido con la intención de cortarme la cara?

EL GOLFANTE

Al tío cebón es a quien tengo ganas de cortarle alguna cosa.

LA SINI

¿Qué mal te hizo? Con éste o con otro había de caer. Estaba para eso.

EL GOLFANTE

¡El amor que tienes por el lujo!

LA SINI

Tú nada podías ofrecerme. Pero con todo de no tener nada, de haber sido menos loco, por mi voluntad nunca hubiera dejado de verte. Te quise y te quiero. No seas loco. Apártate ahora.

EL GOLFANTE

¿Sin más?

LA SINI

¿Aquí qué más quieres?

EL GOLFANTE

Dame la mano.

LA SINI

¡Adiós, y que me recuerdes!

EL GOLFANTE

¿Vuelvo esta noche?

LA SINI

No sé.

EL GOLFANTE

¿Esperas al pachá?

LA SINI

Pero no se queda.

EL GOLFANTE

¿Cuál es tu ventana?

LA SINI

Te pones en aquella reja. Por allí te hablaré... Si puedo.

Huyóse la Sini, con bulle-bulle de almidones. Volvía la cabeza, guiñaba la pestaña. Sobre la es-

calinata se detuvo, sujetándose el clavel del pelo, sacó la lengua y se metió al adentro. El gachó del organillo, al arrimo de la verja, se ladea la gorra, estudiando la altura y disposición de las ventanas.

EL LORO

¡Cubanita canela!

ESCENA SEGUNDA

Lacas chinescas y caracoles marinos, conchas perleras, coquitos labrados, ramas de madrépora y coral, difunden en la sala nostalgias coloniales de islas opulentas. Sobre la consola y por las rinconeras vestidas con tapetillos de primor casero, eran faustos y fábulas del trópico. El loro dormita en su jaula, abrigado con una manta vieja. A la mesa camilla le han puesto bragas verdes. Partida timbera. Donillea el naipe. Corre la pinta CHULETAS DE SARGENTO. *Hacen la partida seis camastrones. Entorchados y calvas, lucios cogotes, lucias manos con tumbagas, humo de vegueros, prestigian el último albur.* EL POLLO DE CARTAGENA, *viejales pisaverde, se santigua con una ficha de nacaradas luces.*

EL POLLO

¡Apré! Esto me queda.

EL CAPITÁN

¿Quiere usted cambio?

EL POLLO

Son cinco mil beatas.

EL CAPITÁN

A tanta devoción no llego. Puedo hacerle un préstamo.

EL POLLO

Gracias.

EL CAPITÁN

¿De dónde es la ficha?

EL POLLO

De Bellas Artes.

EL CAPITÁN

Puede usted disponer del asistente, si desea mandar a cambiarla. Si toma un coche, en media hora está de vuelta.

EL POLLO

Por esta noche me abstengo. Me voy a la última de *Apolo*. ¡Salud, caballeros!

Vinoso y risueño, con la bragueta desabrochada, levantó su corpulenta estampa el vencedor de Periquito Pérez. Saturnal y panzudo, veterano de toros y juergas, fumador de vegueros, siempre con luces alcohólicas en el campanario, marchoso, verboso, rijoso, abría los brazos el pachá de la Sinibalda.

EL GENERAL

Pollo, vas a convidarnos.

EL POLLO

No hay inconveniente.

EL GENERAL

Chuletas, tira las tres últimas.

EL CAPITÁN

¡Ha cambiado el corte!

EL GENERAL

Me es inverosímil, Chuletas. Peina ese naipe. ¡Tú te las arreglas siempre para tirar la descargada!

EL CAPITÁN

¡Mi general, esa broma!

EL GENERAL

Rectificaré cuando gane.

EL CAPITÁN

Caballeros, hagan juego.

El vencedor de Periquito Pérez se colgó el espadín, se puso el ros de medio lado, se ajustó la pelliza y recorrió la sala marcándose un tango. Bufo y marchoso, saca la lengua, guiña del ojo y mata la bicha al estilo de negro cubano. La Sinibalda, por detrás de un cortinillo, asoma los ojos colérica, y descubre la mano con una lezna zapatera, dispuesta a clavarle el nalgario. Detuvo el brazo de la enojada el Pollo de Cartagena. El general, asornado, vuelve a la mesa de juego y el viejales pisaverde, en la puerta, templa con arrumacos y sermón los ímpetus de la Sini.

EL POLLO

¡Vamos, niña, que estamos pasando un rato agradable entre amigos! Las diferencias que podáis tener, os las arregláis cuando estéis solos.

LA SINI

Don Joselito, me aburre un tío tan ganso. ¿Dónde ha visto usted peor pata?

EL POLLO

¡Niña!

LA SINI

Si se lo digo en su cochina cara. Y además está convencido de que lo siento. ¿Ha perdido?

EL POLLO

Ya puedes comprender que no me entretuve siguiendo su juego.

LA SINI

Ha perdido y se ha consolado como de costumbre.

EL POLLO

Yo me hubiera consolado mejor contigo.

LA SINI

Usted, sí, porque es un hombre de gusto y muy galante. ¿Ha perdido?

EL POLLO

No sé.

LA SINI

Ha perdido, y se ha puesto una trupita para consolarse.

EL POLLO

Vendría de fuera con ella, y será anterior al proyecto de cometer el crimen.

LA SINI

¿Qué crimen?

EL POLLO

Una broma. Se ha consolado de la pérdida antes de la pérdida.

LA SINI

¿Y a qué ha dicho usted crimen?

EL POLLO

Un texto del Código Penal. Erudición que uno tiene.

LA SINI

¡Vaya texto! ¿Y usted se lo sabe por sopas el Código?

EL POLLO

Como el Credo.

LA SINI

¿Y dirá usted que se lo sabe?

EL POLLO

¿El Código?

LA SINI

El Credo.

EL POLLO

Para un caso de apuro.

LA SINI

Parece usted pariente de aquel otro que estando encaminándole preguntaba si eran de confianza los Santos Olios.

EL POLLO

Ese era mi abuelo.

LA SINI

Con su permiso, Don José.

EL POLLO

¡Sini, ten cabeza!

Brillos de cerillas, humo de vegueros. Los camastrones dejan la partida. Las cartas del último albur quedan sobre la mesa con un tuerto visaje. La mucama mandinga, delantal rayado, chancletas de charol, lipuda sonrisa, penetra en la sala y misteriosa toca la dorada bocamanga del general.

LA MUCAMA

Este papelito que horitita lo lea, ño General.

EL GENERAL

Lo leeré cuando me parezca.

LA MUCAMA

Me ha dicho que horita y que me dé respuesta vucencia.

EL GENERAL

Retírate y no me jorobes. Pollo, hágame usted el favor de quedarse. Le retengo a usted como peón de brega.

Se despedían los otros pelmazos. Eran cuatro: Un ricacho donostiarra, famoso empresario de frontones, un cabezudo ex ministro sagastino y un catalán trapisondista, taurófilo y gran escopeta en las partidas de Su Majestad.

EL TRAPISONDAS

¿Esa cena para cuándo, Don José?

EL POLLO

Ustedes dirán.

EL EX MINISTRO

Creo que no debe aplazarse.

EL TONGUISTA

Cena en puerta, agua en espuerta.

EL POLLO

Ustedes tienen la palabra.

EL TRAPISONDAS

Esta noche, en lo de Morán.

EL POLLO

¿Hace, caballeros?

EL TONGUISTA

¡Al pelo!

EL EX MINISTRO

¡Naturaca!

EL TRAPISONDAS

¡Evident!

Sale la Sini. Chuletas, recomiéndose, cuenta las fichas y las distribuye por los registros chinescos de la caja. Pagodas, mandarines, áureos parasoles. El asistente, en brazado, saca abrigos, bastones, sombreros. Los reparte a tuertas, soñoliento, estúpido, pelado al cero. Chuletas de Sargento cierra la caja de fichas y naipes y, colocándosela bajo el brazo, se mete por una puerta oscura.

LA SINI

¿Le sería a usted muy molesto oírme una palabra, General?

EL GENERAL

Sini, no me hagas una escena. Sé mirada.

LA SINI

¡Vea usted de quedarse!

EL GENERAL

Es intolerable esa actitud.

LA SINI

Don Joselito, si a usted no le importan las vidas ajenas, ahueque.

EL POLLO

Obedezco a las damas. ¡Que haya paz!

El Pollo de Cartagena se tercia la capa a la torera y saluda marchoso en los límites de la puerta.

EL GENERAL

Pollo, si quedo con vida, caeré por casa de Morán.

LA SINI

¡Gorrista!

EL GENERAL

No me alcanzan tus ofensas.

EL POLLO

Si hay reconciliación, como espero, llévese usted a la niña.

EL GENERAL

Sini, ya lo estás oyendo, Echate un abrigo y aplaza la bronca.

LA SINI

Eso quisieras.

EL POLLO

Mano izquierda, mi General.

EL GENERAL

Esta quiere verme hacer la jarra.

LA SINI

¡Miserable!

El Pollo de Cartagena toma el olivo con espantada torera. El General se cruza de brazos con heroico alarde y ensaya una sonrisa despreciando a la Sinibalda.

EL GENERAL

Me quedo, pero serás razonable.

LA SINI

¿Has perdido?

EL GENERAL

Hasta la palabra.

LA SINI

Esa nunca la has tenido.

EL GENERAL

El uso de la lengua.

LA SINI

¡Marrano!

EL GENERAL

Ya sacaste las uñas. Deja que me vaya.

LA SINI

¿Irte? Toma asiento y pide algo. ¡Irte! Será después de habernos explicado.

EL GENERAL

Tomo asiento. Y no hables muy alto.

LA SINI

No será por escrúpulo de que oiga mi padre. Tú y él sois dos canallas. Me habéis perdido.

El Capitán entra despacio y avanza con los dientes apretados, la mano en perfil, levantada.

EL CAPITÁN

No te consiento juicios sobre la conducta de tu padre.

LA SINI

¿Cuándo has tenido para mí entrañas de padre? Mira lo que haces. Harta estoy de malos tratos. Si la mano dejas caer, me tiro a rodar. ¡Ya para lo que falta!

EL GENERAL

Sinibaldo, aquí estás sobrando.

EL CAPITÁN

Tiene esa víbora mucho veneno.

LA SINI

Las hieles que me has hecho tragar.

EL CAPITÁN

Vas a escupirlas todas.

LA VOZ DEL POLLO

¡¡Socorro!!

El eco angustiado de aquel grito paraliza el gesto de las tres figuras, suspende su acción: Quedan aprisionadas en una desgarradura lívida del tiempo, que alarga el instante y lo colma de dramática incertidumbre. La Sini rechina los dientes. Se rompe el encanto. El Capitán Chuletas, con brusca resolución, toma una luz y sale. El General le sigue con sobresalto taurino. En el marco de la ventana vestida de luna, sobre el fondo estrellado de la noche, aparece el golfante del organillo.

EL GOLFANTE

¡Ya está despachado!

LA SINI

¡Mal sabes lo que has hecho! Darle pasaporte a Don Joselito.

EL GOLFANTE

¿Al Pollo?

LA SINI

¡A ese desgraciado!

EL GOLFANTE

¡Vaya una sombra negra!

LA SINI

¡Por obrar ciego! ¡Ya ves lo que sacas! ¡Meterte en presidio cargado con la muerte de un infeliz!

EL GOLFANTE

¡Ya no tiene remedio!

LA SINI

¿Y ahora?

EL GOLFANTE

Tu anuncio... ¡El presidio!

LA SINI

¿Qué piensas hacer?

EL GOLFANTE

¡Entregarme!

LA SINI

¡Poco ánimo es el tuyo!

EL GOLFANTE

Me ha enfriado el planchazo.

LA SINI

Pues no te entregues. Espérame. Ahora me voy contigo.

ESCENA TERCERA

Una puerta abierta. Fondo de jardinillo lunero. El rodar de un coche. El rechinar de una cancela. El glogloteo de un odre que se vierte. Pasos que bajan la escalera. CHULETAS DE SARGENTO *levanta un quinqué y aparece caído de costado Don Joselito. El Capitán inclina la luz sobre el charco de sangre, que extiende por el mosaico catalán una mancha negra. Se ilumina el vestíbulo con rotario aleteo de sombras: La cigüeña disecada, la sombrilla japonesa, las mecedoras de bambú. Sobre un plano de pared, diluidos, fugaces resplandores de un cuadro con todas las condecoraciones del capitán: Placas, medallas, cruces. Al movimiento de la luz todo se desbarata. Chuletas de Sargento posa el quinqué en el tercer escalón, inclinándose sobre el busto yacente, que vierte la sangre por un tajo profundo que tiene en el cuello. El* GENERAL, *por detrás de la luz, está suspenso.*

EL CAPITÁN

No parece que el asesino se haya ensañado mucho. Con el primer viaje ha tenido bastante para enfriar a este amigo desventurado. ¡Y la cartera la tiene encima! Esto ha sido algún odio.

EL GENERAL

Está intacto. No le falta ni el alfiler de corbata.

EL CAPITÁN

Pues será que le mataron por una venganza.

EL GENERAL

Habrá que dar parte.

EL CAPITÁN

Dar parte trae consigo la explotación del crimen por los periódicos... ¡Y en verano, con censura y cerrada la plazuela de las Cortes!... Mi General, saldríamos todos en solfa.

EL GENERAL

Es una aberración este régimen. ¡La Prensa en todas partes respeta la vida privada, menos en España! ¡La honra de una familia en la pluma de un grajo!

EL CAPITÁN

Sería lo más atinente desprenderse del fiambre y borrar el rastro.

EL GENERAL

¿Cómo?

EL CAPITÁN

Facturándolo.

EL GENERAL

¡Chuletas, no es ocasión de bromas!

EL CAPITÁN

Mi General, propongo un expediente muy aceptado en Norteamérica.

EL GENERAL

¿Y enterrarlo en el jardín?

EL CAPITÁN

Saldrán todos los vecinos con luces. Para eso mandas imprimir esquelas.

EL GENERAL

¿Y en el sótano?

EL CAPITÁN

Mi General, para los gustos del finado nada mejor que tomarle un billete de turismo. Lo inmediato es bajarlo al sótano y lavar la sangre. Vamos a encajonarle.

EL GENERAL

¿Persistes en la machada de facturarlo?

EL CAPITÁN

Aquí es un compromiso muy grande para todos, mi General. ¡Para todos!

EL GENERAL

¡Qué marrajo eres, Chuletas! Vamos a bajar el cadáver al sótano. Ya se verá lo que se hace.

EL CAPITÁN

El trámite más expedito es facturarlo, a estilo de Norteamérica.

EL GENERAL

¡Y siempre en deuda con el extranjero!

EL CAPITÁN

Si usted prefiere lo nacional, lo nacional es dárselo a la tropa en un rancho extraordinario, como hizo mi antiguo compañero el Capitán Sánchez.

La Sini, aciclonada, bajaba la escalera con un lío de ropa atado en cuatro puntas, revolante el velillo trotero.

LA SINI

¡Infeliz! ¡Qué escarnio de vida! Me llevo una muda... Mandaré por el baúl... Aún no sé dónde voy. ¡Qué escarnio de vida! Mandaré un día de estos...

EL CAPITÁN

Con un puntapié vas a subir y meterte en tu alcoba, grandísima maula. Mi General, permítame darle un zarandazo de los pelos. ¡No la acoja! Hay que ser con este ganado muy terne. Si se desmanda, romperle la cuerna.

LA SINI

¡Qué desvarío! Si mi papá se hace el cargo, puesta la niña en el caso de pedir socorro, alguno iba a enterarse.

EL CAPITÁN

¡Víbora!

La Sini saca un hombro con desprecio y se arrodilla a un lado del muerto por la cabecera, sobre el fondo nocturno de grillos y luciérnagas. El General y el Capitán cabildean bajo la sombrilla japonesa.

EL GENERAL

Sinibaldo, hay que ser prudentes. Si quiere irse, que se vaya. La Dirección de Seguridad se encargará de buscarla. Ahora no es posible una escena de nervios. ¡Sinibaldo, prudencia! Una escena de nervios nos perdería. Yo asumo el mando en Jefe.

LA SINI

¡Don Joselito, he de rezarle mucho por el alma! Me llevo su cartera, que ya no le hace falta. No iban esos marrajos a enterrarle con ella. ¡Qué va! ¡Pues que se remedie la Sini!

EL CAPITÁN

¡Mi General, no puede consentirse que esa insensata se fugue del domicilio paterno con una cartera de valores!

EL GENERAL

Mañana se recupera. ¡Sería nuestra ruina una escena de nervios!

LA SINI

Las alhajitas tampoco las precisa. ¡Qué va! Don Joselito, he de rezarle mucho por el alma. Adiós, Don Joselito. ¡No sé si voy manchada de sangre!

EL CAPITÁN

Mi General, imposible para el honor de un padre tolerar esta pendonada.

LA SINI

¡Suéltame, Chuletas de Sargento!

EL CAPITÁN

Te ahogo, si levantas la voz.

LA SINI

¡Asesino! ¡Chuletas de Sargento!

EL GENERAL

Sinibaldo, ¿qué haces? ¡Otro crimen!

EL CAPITÁN

¡Hija malvada!

LA SINI

¡Hija de Chuletas de Sargento!

EL GENERAL

Sini, no te desboques. Las paredes son de cartón. Todo se oye fuera. Sini, que el asistente te haga una taza de tila. Tienes afectados los nervios. No faltes a tu padre. Sini, no hagas que me avergüence de quererte.

LA SINI

¡Abur y divertirse! Si algún guinda se acerca para detenerme, tened seguro que todo lo canto.

Voy libre. La Sini se ha fugado al extranjero con Don Joselito. ¡Abur, repito!

EL CAPITÁN

¡Las hay maulas! ¡Esa correspondencia tienes para tu padre, grandísimo pendón!

ESCENA CUARTA

Una rinconada en el café Universal: Espejos, mesas de mármol, rojos divanes. Mampara clandestina. Parejas amarteladas. En torno de un velador, rancho y bullanga, sombrerotes y zamarras: Tiazos del ruedo manchego, meleros, cereros, tratantes en granos. Una señora pensionista y un capellán castrense se saludan de mesa a mesa. Un señorito y un pirante maricuela se recriminan bajo la mirada comprensiva del mozo, prócer, calvo, gran nariz, noble empaque eclesiástico. La SINIBALDA, *con mantón de flecos y rasgados andares, penetra en el humo, entre alegres y salaces requiebros de la parroquia. Se acoge al rincón más oscuro y llama al mozo con palmas.*

LA SINI

¡Café!

EL MOZO

¿Solo?

LA SINI

Con gotas.

EL MOZO

Si usted quiere cambiar de mesa, me queda otra libre en el turno. Aquí, con la corriente de la puerta, estará usted mal a gusto.

LA SINI

¡Qué va! Con el calorazo que hace, la corriente se agradece.

EL MOZO

Pues hay quien manda parar el ventilador. ¡Vaaa!

Llamaban de una peña marchosa.—Toreros, concejales, chamelistas y pelmas.—El mozo se acercó con majestad eclesiástica y estuvo algunos instantes atento a las chuscadas de los flamencos. Siempre entonado y macareno, luego de limpiar el mármol, se salió del corro para poner el servicio de café en la mesa de la Sini.

EL MOZO

Le ha caído usted en gracia al Manene. Me ha llamado porque disputan sobre quién usted sea. Les ha caído usted en gracia, y la quieren sacar por un retrato que enseñó en la mesa un parroquiano. ¿No será usted la misma?

LA SINI

No, señor. Yo soy muy fea para retratarme. ¿Pero cuándo van a dejar de mirarme esos pelmazos?

EL MOZO

Están de broma.

LA SINI

¡Cómo si en su vida hubieran visto una mujer!

EL MOZO

¡Que no estará usted acostumbrada a que la miren!

LA SINI

¡Asquerosos! Me parece que van a reírse de su mamasita.

EL MOZO

No es para que usted se incomode. Son gente alegre, pero que no falta. Están en que usted es la del retrato. ¡Verá usted qué jarro de agua fría cuando los desengañe el Pollo de Cartagena!

LA SINI

¿Es el parroquiano?

EL MOZO

Contada la tarde que falta.

LA SINI

A ver si asoma y concluye el choteo de esos puntos. Estoy esperando a un amigo que tiene la sangre muy caliente.

EL MOZO

No habrá caso. Verá usted qué ducha cuando llegue el Pollo.

LA SINI

¿Y si ese sujeto hace novillos?

EL MOZO

Combina de mucho pote había de tener para faltar esta tarde. ¡Raro que siendo usted una hembra tan de buten, no la haya seguido alguna vez por esas calles!

LA SINI

¿Y sacado la fotografía? El punto ése verá usted que, por darse importancia, esta tarde no viene.

EL MOZO

Aún no es su hora.

LA SINI

Me gustaría conocerle.

EL MOZO

Pues fijamente hoy no falta. Casual que al irse anoche mandaba al botones a cambiarle una ficha de cinco mil beatas en la caja del Círculo. Fue motivado que viendo el atortolo del chico, que es novato, mudase de idea, y me pidió sesenta duros, cuyamente me prestó un parroquiano. ¿Qué mozo tiene hoy sesenta duros? ¡Eso otros tiempos!

Entran el andoba del organillo y un vejete muy pulcro, vestido de negro: Afeminados ademanes pedagógicos, una afectada condescendencia de dómine escolástico. El peluquín, los anteojos, el pañuelo que lleva a la garganta y le oculta el blanco de la camisa como un alzacuello, le infligen un carácter santurrón y sospechoso de mandadero de monjas. Le dicen el Sastre Penela. En voz baja conversan con la Sini. El golfante le muestra una fotografía entre cínico y amurriado.

EL GOLFANTE

El retrato de un pingo en camisa. ¡Mira si te reconoces! En la cartera del interfecto ha sido exhumado.

LA SINI

¡Se lo ha dado el canalla, sinvergüenza!

EL GOLFANTE

Trabajaba el endoso.

LA SINI

Anduvo un mes encaprichado por sacarme esa fotografía. ¡El aprecio que hizo el asqueroso! En tre unos y otros me habéis puesto en el pie de perderme. ¡Ya nada se me da! Hoy contigo... Mañana se acabó el conquis, pues a ganarlo para los dos con mi cuerpo. ¿Cómo estaba de parné la cartera?

EL GOLFANTE

¡Limpia! Este amigo me ha dado una ayuda muy superior para desmontar la pedrería del alfiler y los solitarios. Como que el hombre se maneja sin herramientas. ¡Es un águila! En nueve mil melopeas pignoramos el lote, en la calle de la Montera. Por cierto que voy a quemar la papeleta.

EL SASTRE

¡Aquí, no! ¡Prudencia! Pasa al evacuatorio.

EL GOLFANTE

En la cartera había documentos que en unas buenas manos son sacadineros. Dos pagarés de veinte mil pesetas con la firma del Pachá Bum-Bum. Una carta del propio invicto sujeto solicitando demoras, y una ficha de juego.

LA SINI

De Bellas Artes. ¡Cinco mil del ala! Dámela, que hay que cobrarla, y a no tardar.

EL GOLFANTE

¿Cómo se cobra?

LA SINI

Presentándose en caja.

EL GOLFANTE

¡Es un paso comprometido!

LA SINI

¡Cinco mil beatas no son para dejarlas en el aire!

EL GOLFANTE

¡Conforme! Los documentos, estoy a vueltas... Hacerlos desaparecer es quemar un cheque al portador.

EL SASTRE

Hay que operar con mucho quinqué. Los presentas tú al cobro, y te ponen a la sombra. Se requieren otras circunstancias. Los que actúan en esos negocios son sujetos con muy buenas relaciones, que visitan los Ministerios. ¡El Batuco, que estos tiempos ha dado los mejores golpes, tiene padrinos hasta en la Gran Peña! Una masonería como la de los sarasas. El Batuco ha puesto a modo de una Agencia: ¡Una oficina en toda regla! Si queréis entenderos con él, fijamente está en los billares.

EL GOLFANTE

¿No será venderse?

EL SASTRE

Vosotros lo pensáis y aluego resolvéis. El Batuco vive de esas operaciones y su crédito está en portarse con decencia. Conoce como nadie el compromiso de ciertos negocios y puede daros una luz. Hoy todo lo hace la organización. ¡Vierais la oficina, montada con teléfono y máquina de escribir!... ¡Propiamente una Agencia!

EL GOLFANTE

¡Mira, Penela, que la mucha gente es buena en las procesiones!

EL SASTRE

Para sacarle lo suyo a esos papeles, hace falta el organismo de una Agencia. ¡Son otros horizontes! ¡Ahí tienes las contratas del ramo de Guerra! Para ti, cero, ni pensar en ello. ¡Para un organismo, ponerse las botas! Es su función propia... Ahora, si vosotros tenéis otro pensamiento...

LA SINI

¡Tan incentiva pintura los sentidos me enajena! ¡Suba usted por el Batuco!

EL GOLFANTE

¿Se puede uno confiar?

EL SASTRE

Hombre, yo siempre le he visto proceder como un caballero, y el asunto vuestro es un caso corriente.

EL GOLFANTE

Pues a no tardar.

EL SASTRE

Míralo, que baja de los billares. Don Arsenio, media palabra.

El Batuco accede, saludando con el puro: Chato, renegrido, brisas de perfumería y anillos de jugador, caña de nudos, bombín, botas amarillas con primores. Un jastialote tosco, con hechura de picador.

EL BATUCO

¿Qué cuenta el amigo Penela?

EL SASTRE

Estaba con una pata en el aire para remontarme en su busca y captura. Me había comprometido a relacionarle con esta interesante pareja. Tienen algunos documentos que desean negociar: Cartas y pagarés de un personaje. ¿Qué dice usted?

EL BATUCO

Acaso se pudiera intentar alguna travesura. ¡No sé! Sin conocer el asunto es imposible aventurar una opinión... Hay que estudiarlo. ¿Quién es el personaje?

EL SASTRE

Un heroico príncipe de la Milicia.

EL BATUCO

¿Con mando?

EL SASTRE

Con mando.

EL BATUCO

¿Quién negocia los papeles?

EL SASTRE

Esta joven e inexperta pareja. Paseando, se han encontrado una cartera.

EL BATUCO

El propietario habrá dado parte a la Poli. Esos documentos de crédito en nuestras manos son papeles mojados.

LA SINI

El propietario no ha dado parte.

EL BATUCO

¿Seguro?

LA SINI

Tomó el tren para un viaje que será largo, y a última hora le faltó el tiempo hasta para las despedidas.

EL BATUCO

Entendido. ¿Pueden verse los documentos?

EL GOLFANTE

¡Naturaca!

El golfante saca del pecho un legajillo sujeto con una goma. El Batuco, disimulado, hace el ojeo. Se detiene sobre una carta, silabea reticente.

EL BATUCO

«La rubiales se alegrará de verle, Chuletas de Sargento cantará guajiras y tirará el pego.»

LA SINI

El viaje del andoba saltó impensadamente.

EL BATUCO

¿Muy largo, ha dicho usted?

LA SINI

Para una temporada.

EL BATUCO

¡Hablemos claro! ¡Esta carta es un lazo, una encerrona manifiesta! ¿Quién ha taladrado el billete al viajero? ¿No lo saben ustedes?

LA SINI

Le dio un aire al quinqué y se apagó para no verlo.

EL BATUCO

¡Como siempre! Y algún vivales se adelantó a tomar la cartera. ¿He dado en el clavo?

LA SINI

Ve usted más que un astrónomo. Usted debe predecir el tiempo.

EL BATUCO

Me alegro de no haberme equivocado. Es caso para estudiarse y meditarse... De gran mompori si se sabe encauzar. Yo trabajo en una esfera más modesta. El negocio que ustedes traen es de los de Prensa y Parlamento. Yo soy un maleta, pero tengo buenas relaciones. Don Alfredo Toledano, el Director de *El Constitucional,* me aprecia y puedo hablarle. Verá el asunto, que es un águila, y de los primeros espadas. Un hombre tan travieso puede amenazar con una campaña. En manos de un hombre de pluma, estos papeles son un río de oro; en las nuestras un compromiso. Ese es mi dictamen. Con la amenaza de una campaña de información periodística se puede sacar buena tajada. ¡Don Alfredo chanela como nadie la marcha de estos negocios! Cuando la repatriación, formó una Sociedad. ¡Un organismo de lo más genial para la explotación de altos empleados! Si ustedes están conformes, me pondré al habla con el maestro.

LA SINI

¡A no dejarlo!

EL GOLFANTE

¿Dónde nos avistamos?

EL BATUCO

Aquí. ¿Hace?

EL SASTRE

Entiendo que aquí ya nos hemos lucido bastante. En todas las circunstancias de la vida conviene andarse con quinqué...

EL BATUCO

Pues pasen ustedes por la agencia, Pez, 31.

LA SINI

¡A ver si hacemos changa!

EL BATUCO

¡Seguramente! Huyo veloz como la corza herida.

EL SASTRE

¡Orégano sea!

EL GOLFANTE

Sinibalda.

LA SINI

¿Qué se ofrece?

EL GOLFANTE

¿Y de la ficha, qué?

LA SINI

¡Cobrarla!

EL GOLFANTE

¿Estás en ello?

LA SINI

¡Naturaca!

EL GOLFANTE

En tus manos la dejo. Yo me najo para cambiar de vitola en *El Águila*.

ESCENA QUINTA

Un mirador en el Círculo de Bellas Artes. Tumbados en mecedoras, luciendo los calcetines, fuman y bostezan tres señores socios: Un viejales camastrón, un goma quitolis y el chulapo ayudante en el tapete verde. Se oye la gresca del billar, el restallo de los tacos, las súbitas aclamaciones. El viejales camastrón, con los lentes de oro en la punta de la nariz, repasa los periódicos. Filo de la acera encienden sus faroles los simones. Pasa la calle el campaneo de los tranvías y el alarido de los pregones.

PREGONES

¡Constitucional! ¡Constitucional! ¡Constitucional! ¡Clamor de la Noche! ¡Correo! ¡Heraldo! ¡El Constitucional, con los misterios de Madrid Moderno!

EL CAMASTRÓN

¡Cerrojazo de Cortes, crimen en puerta! ¡Señores, qué manera de hinchar el perro!

EL QUITOLIS

¿Cree usted una fantasía la información de *El Constitucional?*

EL CAMASTRÓN

Completamente. ¡La serpiente de mar que se almuerza a un bañista todos los veranos! ¡Las orgías de Madrid Moderno! ¿Ustedes creen en esas saturnales con surtido de rubias y morenas?

EL CHULAPO

No las llamemos saturnales, llamémoslas juergas. Ese antro de locura será alguna Villa-Laura o Villa-Ernestina.

EL CAMASTRÓN

¿Y ese personaje?

EL CHULAPO

Cualquiera. Uno de tantos beneméritos carcamales que le paga a la querida un hotel a plazos.

EL QUITOLIS

La información alude claramente a una ilustre figura, que ejerció altos mandos en Ultramar.

EL CHULAPO

¡Ultramar! Toda la baraja de Generales.

EL QUITOLIS

No lo será, pero quien tiene un apaño en Madrid Moderno...

EL CAMASTRÓN

¿Con una rubia? Es indispensable el agua oxigenada. Vea usted los epígrafes: «La rubia opulenta.» ¿Corresponden las señas?

EL QUITOLIS

Sí, señor, corresponden.

EL CAMASTRÓN

Pues ya sólo falta el nombre del tío cachondo para que decretemos su fusilamiento.

EL QUITOLIS

La alusión del periódico es diáfana.

EL CAMASTRÓN

¡Seré yo ciego!

EL CHULAPO

Yo creo que todos menos usted la hemos entendido.

EL CAMASTRÓN

Son ustedes unos linces.

EL CHULAPO

Y usted un camándulas. Usted sabe más de lo que dice *El Constitucional.*

EL CAMASTRÓN

Yo no sé nada. Oigo verdaderas aberraciones y me abstengo de darles crédito.

EL CHULAPO

Sin darles crédito y como tales hablillas, usted no está tan en la higuera. Usted guarda un notición estupendo. ¡Tiemble usted que se lo pueden escacharrar! Se le ha visto en muy buena compañía. ¡Una rubia opulenta!

EL CAMASTRÓN

Rubias opulentas hay muchas. La que yo saludé aquí esta tarde, sin duda lo es.

EL CHULAPO

Parece que a esa gachí le rinde las armas un invicto Marte.

EL CAMASTRÓN

¡Es usted arbitrario!

EL CHULAPO

¡La chachipé!

EL CAMASTRÓN

Y aun cuando así sea. ¿Qué consecuencias quiere usted deducir?

EL CHULAPO

Ninguna. Señalar coincidencias.

EL CAMASTRÓN

Muy malévolamente. Otros muchos están en el caso de Agustín Miranda. Un solterón con una querida rubia. ¡Van ustedes demasiado lejos!

Se acerca un babieca fúnebre, alto, macilento. La nuez afirmativa, desnuda, impúdicamente despepitada, incrusta un movimiento de émbolo entre los foques del cuello. El lazo de la chalina, vejado, deshilachado, se abolla con murria de filósofo estoico a lo largo de la pechera. La calva aparatosa con orla de melenas, las manos flacas, los dedos largos de organista, razonan su expresión anómala y como deformada, de músico fugado de una orquesta. Toda la figura diluye una melancolía de vals, chafada por el humo de los cafés, el roce de los divanes, las deudas con el mozo, las discusiones interminables.

EL BABIECA

¡La gran noticia!

EL CHULAPO

¡Ya se la escacharraron a Don Paco! No hay nada secreto. ¡Ya se la escacharraron!

EL BABIECA

¿Han leído ustedes la información de *El Constitucional*? ¿Saben ustedes cuáles son los nombres verdaderos?

EL CHULAPO

No es difícil ponerlos.

EL BABIECA

¿Saben ustedes que la rubia estuvo aquí esta tarde?

EL CHULAPO

Ya lo sabemos.

EL BABIECA

¿Y que cobró en la caja una ficha de cinco mil beatas?

EL QUITOLIS

¿Pago de servicios? Yo no estaba tan enterado. ¡Cinco mil del ala!...

EL BABIECA

Hay otra versión más truculenta.

EL CHULAPO

¡Ole!

EL BABIECA

¡Que le dieron pasaporte al Pollo de Cartagena!

EL CHULAPO

¿Don Joselito? ¡Si acabo de verle en los billares!

EL BABIECA

Imposible. Nadie le ha visto desde ayer tarde.

EL CHULAPO

¿Está usted seguro? ¿A quién, entonces, he saludado yo en los billares?

EL BABIECA

Don Joselito llevaba precisamente una ficha de cinco mil pesetas. La única que faltaba al hacer el recuento.

EL CHULAPO

¿Es la que cobró la rubia?

EL BABIECA

Indudablemente.

EL CAMASTRÓN

¡Don Joselito estará con una trupita!

EL QUITOLIS

Eso no se me había ocurrido.

EL CAMASTRÓN

El Constitucional le había sugestionado a usted la idea del crimen.

EL QUITOLIS

¡A ver si resulta todo ello una plancha periodística!

EL CAMASTRÓN

Verán ustedes cómo nadie exige responsabilidades.

Entra un chisgarabis: Frégoli, monóculo, abrigo al brazo; fuma afectadamente en pipa. Es meritorio en la redacción de «El Diario Universal». El Conde de Romanones, para premiar sus buenos oficios, le ha conseguido una plaza de ama de leche en la Inclusa.

EL REPÓRTER

¡La gran bomba! Voy a telefonear a mi periódico. Se ha verificado un duelo en condiciones muy graves entre el General Miranda y Don Joselito Benegas.

EL CHULAPO

¿Por la rubia?

EL REPÓRTER

Eso se cuenta.

EL CAMASTRÓN

¿Usted nos dirá quién es el muerto? ¿Porque, seguramente, habrá un muerto? ¡Acaso dos!

EL REPÓRTER

¡No se atufe usted conmigo! Soy eco opaco de un rumor.

EL CAMASTRÓN

Acabe usted.

EL REPÓRTER

En la timba decían algunos que Don Joselito estaba agonizando en un hotel de Vicálvaro.

EL CAMASTRÓN

Esos ya quieren llevarse el suceso al distrito de Canillejas. ¡Señores, no hay derecho! ¡Formemos la liga Pro Madrid Moderno! Afirmemos el folletín del hombre descuartizado y la rubia opulenta. ¡Ese duelo es una comedia casera! No admitamos esa ñoñez. El descuartizado y la rubia se nos hacen indispensables para pasar el verano.

EL CHULAPO

Bachiller, ¿qué dicen en Teléfonos de la información de *El Constitucional?*

EL REPÓRTER

Para empezar, demasiado lanzada... De no resultar un éxito periodístico, pueden fácilmente tirarse una plancha... Sin embargo, algunos compañeros que han interrogado a los vecinos del hotel obtuvieron datos muy interesantes. Un vigilante de consumos asegura haber visto a la rubia, que escapaba con un gatera. Y son varios los vecinos que afirman haber oído voces pidiendo socorro.

EL CAMASTRÓN

¿Pero no sostenía a la rubia un Marte Ultramarino? Veo mucha laguna.

EL QUITOLIS

Indudablemente.

EL CHULAPO

¿Y se cree que haya habido encerrona?

EL REPÓRTER

Me abstengo de opinar... La maledicencia señala a un invicto Marte. Todo el barrio coincide en afirmarlo.

EL QUITOLIS

Allí habrá caído como una bomba la información de *El Constitucional.*

EL REPÓRTER

Allí saben mucho más de lo que cuenta el periódico.

EL CAMASTRÓN

¡El hombre descuartizado! ¡Se nos presenta un gran verano!

Irrumpe rodante y estruendosa la bola del mingo, y dos jugadores en mangas de camisa aparecen blandiendo los tacos. Vociferan, se increpan. Los pregones callejeros llegan en ráfagas.

PREGONES

¡El Constitucional! ¡Constitucional! ¡Constitucional! ¡Clamor de la Noche! ¡Corres! ¡Heraldo! ¡El Constitucional, con los misterios de Madrid Moderno!

ESCENA SEXTA

Un salón con grandes cortinajes de terciopelo rojo, moldurones y doradas rimbombancias. Lujo oficial con cargo al presupuesto. Sobre una mesilla portátil, la botella de whisky, *el sifón y dos copas. El vencedor de Periquito Pérez, a medios pelos, en mangas de camisa, con pantalón de uniforme, fuma tumbado en una mecedora, y alterna algún requerimiento a la copa. Detrás, el asistente, inmóvil, sostiene por los hombros la guerrera de Su Excelencia. Asoma el* CAPITÁN CHULETAS DE SARGENTO.

EL CAPITÁN

¿Hay permiso, mi General?

EL GENERAL

Adelante.

EL CAPITÁN

¿Ha leído usted *El Constitucional* de esta noche? ¡Una infamia!

EL GENERAL

Un chantaje.

EL CAPITÁN

Si usted me autoriza, yo breo de una paliza al Director.

EL GENERAL

Sería aumentar el escándalo.

EL CAPITÁN

¿Y qué se hace?

EL GENERAL

Arrojarle un mendrugo. En estos casos no puede hacerse otra cosa... Las leyes nos dejan indefensos ante los ataques de esos grajos inadaptados. Necesitamos un diplomático y usted no lo es. ¡Chuletas, estoy convencido de que vamos al caos! Esta intromisión de la gacetilla en el privado de nuestros hogares es intolerable.

EL CAPITÁN

¡La protesta viva del honor militar se deja oír en todas partes!

EL GENERAL

Sinibaldo, saldremos al paso de esta acción deletérea. Las Cámaras y la Prensa son los dos focos de donde parte toda la insubordinación que aqueja, engañándole, al pueblo español. Siempre he sido enemigo de que los organismos armados actúen en política; sin embargo, en esta ocasión me siento impulsado a cambiar de propósito. Necesitamos un diplomático y usted no lo es. Toque usted el timbre. ¿Y el fiambre?

EL CAPITÁN

Encajonado, pero sin decidirme a facturarlo.

Un oficial con divisas de ayudante asomó rompiendo cortinas, y quedó al canto, las acharoladas botas en compás de cuarenta y cinco grados.

EL AYUDANTE

¡A la orden, mi General!

EL GENERAL

A Totó necesitaba. ¿Qué hace Totó?

EL AYUDANTE

Tomando café.

EL GENERAL

Dígale usted que se digne molestarse.

EL AYUDANTE

¿Eso no más, mi General?

EL GENERAL

Eso no más. Póngase usted al teléfono y pida comunicación con el Cuartel de San Gil. Que pase un momento a conferenciar conmigo el Coronel. Quedo esperando a Totó. Puede usted retirarse.

EL AYUDANTE

¡A la orden, mi General!

EL CAPITÁN

¡El fiambre en el sótano es un compromiso, mi General!

EL GENERAL

¡Y gordo!

EL CAPITÁN

¡Mi General, hay que decidirse y montar a caballo!

EL GENERAL

Redactaré un manifiesto al país. ¡Me sacrificaré una vez más por la Patria, por la Religión y por la Monarquía! Las figuras más ilustres del generalato y los jefes con mando de tropas celebramos recientemente una asamblea... Faltó mi aquiescencia. ¡Con ella ya se hubiera dado el golpe!

EL CAPITÁN

El golpe sólo puede darlo usted.

EL GENERAL

Naturalmente, yo soy el único que inspira confianza en las altas esferas. Allí saben que puedo ser un viva la virgen, pero que soy un patriota y que sólo me mueve el amor a las Instituciones. Eso mismo de que soy un viva la virgen prueba que no me guía la ambición, sino el amor a España. Yo sé que esa frase ha sido pronunciada por una Augusta Persona. ¡Un viva la virgen, señora, va a salvar el Trono de San Fernando!

EL CAPITÁN

Mi General, usted, si se decide y lo hace, tendrá estatuas en cada plaza.

EL GENERAL

¡Me decido, Chuletas! ¡Estoy decidido! Pero no quiero perturbar la vida normal del país con una algarada revolucionaria. No montaré a caballo. Nada de pronunciamientos con sargentos que asciendes a capitanes. Una acción consciente y orgánica de los cuadros de Jefes. Que actúen los núcleos profesionales de la Milicia. ¡Hoy no puede contarse con el soldado ni con el pueblo!

EL CAPITÁN

¡El soldado y el pueblo están anarquizados!

Totó aparece en la puerta: Rubio oralino, pecoso, menudo: Un dije escarlata con el uniforme de los Húsares de Pavía.

TOTÓ

¡A la orden, mi General!

EL GENERAL

Totó, vas a lucirte en una comisión. Ponte al teléfono y pide comunicación con el Director de *El Constitucional.* ¿Estás enterado del derrote que me tiran?

TOTÓ

¡Y no me explico lo que van buscando!... Si no es una paliza...

EL GENERAL

Dinero.

TOTÓ

Pero usted los llevará a los Tribunales. Un proceso por difamación.

EL GENERAL

¿Un proceso ahora, cuando medito la salvación de España? En estos momentos me debo por entero a la Patria. Tengo un deber religioso que cumplir. ¡La Salud Pública reclama un Directorio Militar! Mi vida futura está en ese naipe. Hay que acallar esa campaña insidiosa. Ponte al habla con el Director de *El Constitucional.* Invítale a que conferencie conmigo.

TOTÓ

El Brigadier Frontaura espera que usted le reciba, mi General.

EL GENERAL

Que pase.

TOTÓ

Mi Brigadier, puede usted pasar.

EL BRIGADIER

¡He leído *El Constitucional!* ¡Supongo que necesitas padrinos para esa cucaracha!

EL GENERAL

Fede, yo no puedo batirme con un guiñapo. ¡Ladran por un mendrugo! ¡Se lo tiro!

EL BRIGADIER

¡Eres olímpico!

EL GENERAL

Aprovecho la ocasión para decirte que he renunciado mi empleo de pararrayos del actual Gobierno.

EL BRIGADIER

Algo sabía.

EL GENERAL

Pues eres el primero a quien comunico esta resolución.

EL BRIGADIER

Los acontecimientos están en el ambiente.

EL GENERAL

Si ha de salvarse el país, si no hemos de ser una colonia extranjera, es fatal que tome las riendas el Ejército.

EL BRIGADIER

No podías sustraerte. Me parece que más de una vez hemos discutido tu apoyo al actual Gobierno.

EL GENERAL

Pero yo no quiero dar el espectáculo de un pronunciamiento isabelino.

El ayudante asoma de nuevo entre cortinas, la mano levantada a los márgenes de la boca, las botas en ángulo.

EL AYUDANTE

Una Comisión de Jefes y Oficiales desea conferenciar con vuecencia.

EL GENERAL

¿Ha dicho usted una Comisión de Jefes y Oficiales? ¿Quién la preside?

EL AYUDANTE

El Coronel Camarasa.

EL GENERAL

¿Por qué Camarasa?

EL AYUDANTE

Acaso como más antiguo.

EL GENERAL

¿Viene sobre el pleito de recompensas?

EL AYUDANTE

Seguramente, no. Paco Prendes, a medias palabras, me dijo que la idea surgió al leer la información de *El Constitucional.* Se pensó en un desfile de Jefes y Oficiales. Luego se desistió, acordándose que sólo viniese una representación.

EL GENERAL

Hágalos usted pasar. Me conmueve profundamente este rasgo de la familia militar. ¡Mientras la honra de cada uno sea la honra de todos, seremos fuertes!

El General se abrochaba la guerrera, se ajustaba el fajín, se miraba las uñas y la punta brillante de las botas. El Ayudante, barbilindo, cuadrado, la mano en la sien, se incrustaba en un quicio de la puerta, dejando pasar a la Comisión. El Coronel Camarasa, que venía al frente, era pequeño, bizco, con un gesto avisado y chato de faldero con lentes: Se le caían a cada momento.

EL CORONEL CAMARASA

Mi General, la familia militar ha visto con dolor, pero sin asombro, removerse la sentina de víboras y asestar su veneno sobre la honra inmaculada de Su Excelencia. Se quiere distraer al país con campañas de escándalo. Mi General, la familia militar llora con viriles lágrimas de fuego la mengua de la Patria. Un Príncipe de la Milicia no puede ser ultrajado, porque son uno mismo su honor y el de la Bandera. El Gobierno, que no ha ordenado la recogida de ese papelucho inmundo...

EL GENERAL

La ha ordenado, pero tarde, cuando se había agotado la tirada. No puede decirse que tenga mucho que agradecerle al Gobierno. ¡Si por ventura no es inspirador de esa campaña! El Presidente, con quien he conferenciado esta mañana, conocía mi resolución de dar un manifiesto al país. Entre ustedes, alguno sabe de este asunto tanto como yo. Señores, el Gobierno, calumniándome, cubriéndome de lodo, quiere anular el proyectado movimiento militar. Tengo que hablar con algunos elementos. Si los amigos son amigos, ésta será la última noche del Gobierno.

EL CORONEL CAMARASA

¡Mi General, mande usted ensillar el caballo!

ESCENA ÚLTIMA

Una estación de ferrocarril: Sala de tercera. Sórdidas mugres. Un diván de gutapercha vomita el pelote del henchido. De un clavo cuelgan el quepis y la chaqueta galoneada de un empleado de la vía. Sórdido silencio turbado por estrépitos de carretillas y silbatadas, martillos y flejes. En un silo de sombra, la pareja de dos bultos cuchichea. Son allí el GOLFANTE *del organillo y la* SINIBALDA.

LA SINI

¡Dos horas de retraso! ¡Hay que verlo!

EL GOLFANTE

Presentaremos una demanda de daños a la Compañía.

LA SINI

¡Asadura!

EL GOLFANTE

¿Por qué no?

LA SINI

¡Te arrastra!

EL GOLFANTE

¡Dos horas dices!... ¡Pon cuatro!

LA SINI

¡Y eso se consiente!

EL GOLFANTE

¡Que acabarás por pedir el libro de reclamaciones!

LA SINI

¡Dale con la pelma! ¡Después de tantos afanes, que ahora nos echen el guante!... ¡Estaría bueno!

EL GOLFANTE

¡Y todo puede suceder!

LA SINI

¡Qué negras entrañas tienes!

Llegan de fuera marciales acordes. Una compañía de pistolos con bandera y música penetra en el andén. Un zanganote de blusa azul, quepis y alpargatas, abre las puertas de la sala de espera. El Coronel, que viste de gala con guantes blancos, obeso y ramplón, besa el anillo a un Señor Obispo. Su Ilustrísima le bendice, agitanado y vistoso en el negro ruedo de sus familiares. Sonríe embobada la Comisión de Damas de la Cruz Roja. Pueblan el andén chisteras y levitas de personajes: Muchos manteos, fajines y bandas. Los repartidos corros promueven rumorosas mareas de encomio y plácemes. El humo de una locomotora que maniobra en agujas infla todas las figuras alineadas al canto del andén, llena de aire los bélicos metales de figles y trombones, estremece platillos y bombos, despepita cornetines y clarinetes. Llega el tren Real.

LA SINI

¡Si no pensé que todo este aparato era para nosotros!

EL GOLFANTE

Demasiada goma. Hay que hacerse cargo.

LA SINI

Ya me vi con esposas, entre bayonetas.

EL GOLFANTE

Menudo pisto que ibas a darte. Nada menos que una compañía con bandera. ¡Ni que fueses la Chata!

LA SINI

¡Pues no has estado tú sin canguelo!

EL GOLFANTE

¡Qué va!

LA SINI

Ver cómo perdías el rosicler fue lo que más me ha sobresaltado.

EL GOLFANTE

¿Que perdí el color?

LA SINI

¡Y tanto!

EL GOLFANTE

¡Habrá sido a causa de mis ideas! Las pompas monárquicas son un agravio a la dignidad ciudadana.

LA SINI

¡Ahora sales con esa petenera!

EL GOLFANTE

¡Mis principios!

LA SINI

¡Y un jamón!

EL GOLFANTE

Vamos a verle la jeta al Monarca.

En el andén, una tarasca pechona y fondona leía su discurso frente al vagón regio. Una Doña Simplicia, Delegada del Club Femina, Presidenta de las Señoras de San Vicente y de las Damas de la Cruz Roja, Hermana Mayor de las Beatas Catequistas de Orbaneja. La tarasca infla la pechuga buchona, resplandeciente de cruces y bandas, recoge el cordón de los lentes, tremola el fascículo de su discurso.

DOÑA SIMPLICIA

Señor: Las mujeres españolas nunca han sido ajenas a los dolores y angustias de la Patria. Somos hijas de Teresa de Jesús, María Pita, Agustina de Aragón y Mariana Pineda. Como ellas sentimos, e intérpretes de aquellos corazones acrisolados, no podemos menos de unirnos a la acción regeneradora iniciada por nuestro glorioso Ejército. ¡Un Príncipe de la Milicia levanta su espada victoriosa y sus luces inundan los corazones de las madres españolas! Nosotras, ángeles de los hogares, juntamos nuestras débiles voces al himno marcial de las Instituciones Militares. ¡Señor, en unánime coro os ofrecemos nuestras fervientes oraciones y los más cordiales impulsos de nuestras almas, fortalecidas por la bendición de la Iglesia, Madre Amantísima de Vuestra Dinastía! Como antaño el estudiante de las aulas salmantinas alfombraba con el roto manteo el paso de su dama, nosotras alfombramos vuestro paso con nuestros corazones. ¡Vuestros son, tomadlos! ¡Ungido por el derecho divino, simbolizáis y encarnáis todas las glorias patrias! ¿Cómo negaros nada, diga lo que quiera Calderón?

El Monarca, asomado por la ventanilla del vagón, contraía con una sonrisa belfona la carátula de unto, y picardeaba los ojos pardillos sobre la delegación de beatas catequistas. Aplaudió, campechano, el final del discurso, sacando la figura alombrigada y una voz de caña hueca.

EL MONARCA

Ilustrísimo Señor Obispo; Señoras y Señores: Las muestras de amor que en esta hora recibo de mi pueblo son, sin duda, la expresión del sentimiento nacional, fielmente recogido por mi Ejército. Tened confianza en vuestro Rey. ¡El antiguo Régimen es un fiambre, y los fiambres no resucitan!

VOCES

¡Viva el Rey! ¡Viva España! ¡Viva el Ejército!

SU ILUSTRÍSIMA

¡Viva el Rey Católico de España!

UNA BEATA

¡Católico y simpático!

DOÑA SIMPLICIA

¡Viva el Rey intelectual! ¡Muera el ateísmo universitario!

UN PATRIOTA

¡Viva el Rey con todos los atributos viriles!

EL PROFESOR DE HISTORIA

¡Viva el nieto de San Fernando!

EL GOLFANTE

¡Viva el regenerador de la sociedad!

LA SINI

¡Don Joselito de mi vida, le rezaré por el alma! ¡Carajeta, si usted no la diña, la hubiera diñado la Madre Patria! ¡De risa me escacho!

El tren Real dejaba el andén, despedido con salvas de aplausos y vítores. Doña Simplicia derretíase recibiendo los plácemes del Señor Obispo. Un repórter metía la husma, solicitando las cuartillas del discurso para publicarlas en El Lábaro de Orbaneja.

¿PARA CUÁNDO SON LAS RECLAMACIONES DIPLOMÁTICAS? (*)

(*) Fieles al propósito de ofrecer a los lectores de esta Colección toda la obra de Valle-Inclán, recogemos aquí, por vez primera en libro, este trabajo que el insigne autor publicó en la revista *España* en 1922 y que participa del carácter esperpéntico de los otros títulos que integran MARTES DE CARNAVAL.—*N. del E.*

NÚM. 1337.—9

El despacho de Don Herculano Cacodoro en la Redacción de El Abanderado de las Hurdes. *Paredes patrióticas listadas de azafrán y pimentón. Estantería con ramplonas encuadernaciones catalanas. Retratos de celebridades: Políticos, cupletistas y toreros. Los pocos que saben firmar han dejado su autógrafo. El de Don Antonio Maura tiene una cruz. Entre dos palmeras enanas se aburre el negro catedrático que lee el periódico en todos los bazares. Sobre un casco prusiano con golpes de latón, destellan dos sables virginales.—Don Herculano toca el timbre: Tres llamadas y un repique. El toque de botasillas para Don Serenín.—Don Serenín es el jefe de Redacción.—Acude suspirando.*

DON HERCULANO

¡Tengo una idea, Don Serenín!

DON SERENÍN

¡Es usted infatigable!

DON HERCULANO

¡Una gran idea!

DON SERENÍN

¡Lo son todas las de usted!

DON HERCULANO

¡Esta es colosal!

DON SERENÍN

¿Habrá que escribir un artículo?

DON HERCULANO

¡Varios artículos! ¡Se puede usted lucir!

DON SERENÍN

¡Haría falta una pluma mejor cortada!

DON HERCULANO

Espere usted a que le exponga mi idea.

DON SERENÍN

¡Venga la idea!

Don Herculano enciende todas las luces, se mira en el espejo de una jardinera, se escupe pulcramente en los dedos y se atusa el bigotejo pintado.

DON HERCULANO

Ya sabe usted que he sido toda mi vida un adorador de Alemania. Conozco su organización perfecta, admiro las virtudes de ese gran pueblo, y le manifiesto a usted sinceramente que de no ser hurdano quisiera ser alemán.

DON SERENÍN

¡Yo también!

DON HERCULANO

Usted hubiera hecho poco camino en Alemania. No tiene usted espíritu organizador. ¡Pero yo!...

DON SERENÍN

Usted en cualquier parte.

DON HERCULANO

¡Acaso no hubieran ganado la guerra los Aliados!

DON SERENÍN

¡Eran muchos!

DON HERCULANO

Pero yo hubiera aconsejado al Kaiser.

DON SERENÍN

Ya le aconsejó usted.

DON HERCULANO

Ahora lamenta no haberme escuchado. Sé que lo lamenta. «Armando Guerra» me ha referido una conversación que tuvo con el Emperador. ¡Me llama el primer hurdano!

DON SERENÍN

¡Ese puesto se lo reconocen a usted en todas partes!

DON HERCULANO

Sí, señor. ¡Hasta en Francia!

DON SERENÍN

¡En todas partes!

DON HERCULANO

No sé si los bolcheviques...

DON SERENÍN

La opinión de esa gentuza me tendría a mí sin cuidado.

DON HERCULANO

No me explico cómo pacta con ellos Alemania. ¡Un pueblo donde es sagrado el respeto a las jerarquías sociales!

DON SERENÍN

Alemania hoy aparece algo contaminada.

DON HERCULANO

¡Se salvará! ¡Qué duda cabe! Se salvará, como nos salvaremos nosotros los hurdanos. Conozco las virtudes de la raza germánica. ¡No son igualadas! ¡Qué técnica admirable!

DON SERENÍN

Alemania es el crisol de la cultura.

DON HERCULANO

No hay quien le eche la pata. En la actualidad su técnica no tiene rival. Hablan algunos de que sus mujeres son chatas. ¡Tonterías! ¡Hay chatas que dan el ole!

DON SERENÍN

Gentes superficiales.

DON HERCULANO

¡Pues ese pueblo de técnica tan perfecta, nos copia! ¡Nos rinde ese homenaje, Don Serenín!

DON SERENÍN

Hay que agradecérselo.

DON HERCULANO

¡Esa es mi idea! Un artículo, o varios artículos proponiendo diferentes actos públicos donde se manifieste ese agradecimiento.

DON SERENÍN

¡Qué grande es Dios! ¿Y en qué nos copia Alemania, Don Herculano?

DON HERCULANO

¿Ha leído usted el asesinato de Rathenau? ¿No le ha recordado a usted la muerte del pobre Don Eduardo?

DON SERENÍN

Sí... ¡Parece un plagio!

DON HERCULANO

Evidente. No reconocerlo es estar ciego. ¡Ser un fanático! Yo soy un político de la derecha, un pensador de la derecha, un patriota de la derecha...

DON SERENÍN

Como que la izquierda sólo hace falta en el toreo.

DON HERCULANO

No sea usted chabacano.

DON SERENÍN

Lo he dicho sin querer. Vengo del teatro.

DON HERCULANO

Amigo Don Serenín, el ser de la derecha no me pone una venda en los ojos. Antes que personaje de la derecha soy español, y reconozco que han desplegado una técnica muy perfeccionada los canallas que asesinaron al pobre Don Eduardo. Alemania noblemente acaba de reconocerlo en el asesinato de Rathenau. La actitud alemana adoptando para el asesinato de sus grandes hombres la técnica hurdana, nos fuerza a un acto de agradecimiento. Eso es lo primero que usted tiene que enfocar en su artículo. ¡Lo primero! Hace usted un párrafo algo filosófico, y lo termina usted parafraseando a Doña Concepción Arenal: Abominemos el delito, pero reconozcamos el mérito de nuestros delincuentes, cuyas inteligencias, encaminadas desde la niñez por sanos principios, hubieran, acaso, dado días de gloria a la Patria. *El Abanderado de las Hurdes* se complace en reconocerlo así.

DON SERENÍN

Es un final que redondea.

DON HERCULANO

En el Parlamento tendría una ovación.

DON SERENÍN

Y en el Ateneo.

DON HERCULANO

¿Doña Concepción Arenal de dónde era?

DON SERENÍN

De La Coruña.

DON HERCULANO

Pregunto si era de la derecha.

DON SERENÍN

Lo dudo.

DON HERCULANO

Diga usted que lo era.

DON SERENÍN

Emplearé un eufemismo.

DON HERCULANO

¿No vendrá en la Enciclopedia?

DON SERENÍN

¿Y si resulta que era de la cáscara amarga?

DON HERCULANO

No importa. Usted se arregla para decirlo, sin comprometerse.

DON SERENÍN

Emplearé la manera profética del gran Vázquez de Mella: «Doña Concepción Arenal, que hoy a no dudarlo hubiera militado con nosotros en las filas de la derecha.»

DON HERCULANO

Así hasta parece que toma más relieve.

DON SERENÍN

Si usted quiere que destaque se subraya.

DON HERCULANO

Eso siempre. Pero vea usted la Enciclopedia.

DON SERENÍN

Vale más no averiguarlo. A nuestro propósito basta con afirmar que hoy hubiera militado en las filas derechistas. Y nadie podrá contradecirlo con fundamento.

DON HERCULANO

¡Evidente!

DON SERENÍN

Las izquierdas no tienen profetas.

DON HERCULANO

¡Evidente! ¿Dónde tienen las izquierdas un Vázquez de Mella?

DON SERENÍN

¿Y un Maura?

DON HERCULANO

¡Y un Don Juan de la Cierva!

DON SERENÍN

Ese más que profeta es un Hombre del Renacimiento.

DON HERCULANO

No es usted el primero que lo dice. Y a propósito, ¿qué entienden ustedes los intelectuales por Hombre del Renacimiento?

DON SERENÍN

Un tío bragado.

DON HERCULANO

Lo he buscado en la Enciclopedia, y no viene.

DON SERENÍN

¿Cómo lo ha buscado usted?

DON HERCULANO

De tres maneras. En Hombre. ¡Y no viene! En Cierva. ¡Y no viene! En Renacimiento. ¡Y no viene!

DON SERENÍN

Está muy mal hecha la Enciclopedia.

DON HERCULANO

Evidente. Y ahora a escribir el primer artículo. Divide usted los párrafos con títulos. Hay que ser periodista: *Alemania copia nuestra técnica.—Un personaje de la derecha lo reconoce.—Patriotismo ante todo.—Contraste.—Inglaterra nos desprecia.*

DON SERENÍN

¡Qué artículo!

DON HERCULANO

Estupendo. Hay que terminarlo con un saludo al pueblo alemán, que en todas las ocasiones nos muestra su simpatía, ya con representaciones de nuestros clásicos, ya consagrando el modo que tuvieron de operar los asesinos del pobre Don Eduardo. Un párrafo vibrante. Un canto a la raza germánica que con nuestros procedimientos se engrandece. Mientras aquí la invención, el ingenio, la técnica se aplican al mal, y se priva de la vida a uno de los políticos más austeros, el pueblo crisol de la cultura nos copia para exterminar a un político traidor al ideal germánico, y simpatizante con las ideas bolcheviques.

DON SERENÍN

Insinuaré que estaba vendido al extranjero.

DON HERCULANO

¡Evidente! Puede usted añadir que los ingleses nos desprecian. Inglaterra se resiste a operar con la técnica hurdana. Reciente está el asesinato de un general, donde los criminales, engreídos, como todos sus compatriotas, han manifestado un profundo desdén por las aportaciones hurdanas para el exterminio de los grandes hombres. Y termina usted el primer artículo con una pregunta intencionada, que también puede ser el título: *¿Para cuándo son las reclamaciones diplomáticas?*

Suena el teléfono. Don Serenín sonríe levemente y se retira. Don Herculano requiere el auricular, y con él puesto en la oreja espera que desaparezca el Jefe de Redacción. Al cerrar la puerta interroga:

DON HERCULANO

¿Estás sola? ¿Te veré esta noche? ¿Por qué me martirizas, cielito lindo?